BASTEI
LÜBBE

Mit *Mord in der Dämmerung* liegt der siebte Band der zwölfteiligen Krimiserie des renommierten dänischen Autors Dan Turèll auf Deutsch vor. Seine Romane gelten zu Recht als »Klassiker der Kriminalliteratur«.

Bisher sind bei *Bastei Lübbe Taschenbücher* erschienen: MORD IM DUNKELN (14959), MORD AUF MALTA (15106), MORD AM RONDELL (15177), MORD IM MÄRZ (15286) und MORD IN DER DÄMMERUNG (15370).

Über den Autor:

Dan Turèll, geboren 1946, war Schriftsteller und Journalist. Er hat sich in Dänemark zur Kultfigur entwickelt. »Onkel Danny« hat ein riesiges Œuvre aufzuweisen. Die Krimiserie über den namenlosen Journalisten brachte ihm den Durchbruch. Mit viel Ironie, schwarzem Humor und Gespür für die dänische Seele hat er dem Land seinen ersten klassischen »Privatschnüffler« geschenkt und die amerikanische Tradition des Genres kongenial ins Dänische verpflanzt.

»Dan Turèll ist:
der Lou Reed des Kriminalromans,
der Charlie Parker des Kriminalromans,
der Baudelaire des Kriminalromans.«
Kvällsposten

Dan Turèll

MORD IN DER DÄMMERUNG

Kopenhagen-Krimi

Aus dem Dänischen von
Thorsten Alms

BASTEI LÜBBE

BASTEI LÜBBE TASCHENBUCH
Band 15 479

Erste Auflage: April 2006

Vollständige Taschenbuchausgabe

Bastei Lübbe Taschenbücher in
der Verlagsgruppe Lübbe

Die dänische Originalausgabe erschien 1985
unter dem Titel *Mord i Myldretiden* im Borgens Forlag, Kopenhagen
Published by agreement with
Leonardt & Høier Literary Agency aps, København.

Textredaktion: Ingrid Glienke
Umschlaggestaltung: Bianca Sebastian
Titelbild: getty-images/Izzet Keribar
Satz: hanseatenSatz-bremen, Bremen
Druck und Verarbeitung: Nørhaven Paperback A. S.
Printed in Denmark
ISBN-13: 978-3-404-15479-1
ISBN-10: 3-404-15479-7

Erster Teil

1

Sommer war es, wie ein verblichener dänischer Dichter sich einmal ausdrückte. Sommer war es in Kopenhagen. Die Sonne legte sich ins Zeug wie eine eitle Primadonna, die sich nach langen Jahren mieser Kritiken und Klatsch hinter den Kulissen nun endlich zusammengerissen hatte und entschlossen war zu zeigen, was sie wirklich konnte, und die Kopenhagener reagierten, wie sie es immer taten, wenn in diese regnerische Stadt ausnahmsweise einmal der Sommer einzog: Mit dem animalischen Instinkt aller wahren Dänen trieb es sie an die Wasserlöcher, sprich: in die Straßencafés, die – wie amphetamingedopte Pflanzen – überall in der Stadt hervorzusprießen und sich in immer größerer Zahl auszubreiten schienen, als hätte der liebe Gott noch einmal von vorne angefangen und die goldene Grundregel aufgestellt, dass auf jeden Bürgersteig unbedingt ein Café gehöre.

Wie immer, wenn dieser Zustand eintrat, erwiesen die Kopenhagener dem Sommer ihre Ehrerbietung, indem sie auf eine andere Art durch die Straßen gingen. Betrachten Sie einmal den Normalkopenhagener während der übrigen zehn Monate des Jahres: Sie werden eine ganz eigene, eilige

Gangart beobachten, irgendwo zwischen Laufen und leichtem Trab, eine Gangart, die der Kopenhagener eigens zu dem Zweck entwickelt hat, den Zug, den Bus oder das Auto so wenig durchnässt wie möglich zu erreichen. Nun aber betrachten Sie dasselbe Naturphänomen während des Sommers: Plötzlich *schlendert* der Kopenhagener wie ein unbekümmerter Südländer, mit den Händen in den Hosentaschen pfeift er eine idiotische Melodie. Einige Exemplare sehen sich unterwegs dann sogar die Stadt und ihre Gebäude an. Einige.

Ich war einer von ihnen, einer, der sich relativ unbekümmert mit den Händen in den Hosentaschen durch die Straßen treiben ließ. Wir befanden uns in den ersten Junitagen, die Hitze war schwer und drückend, und alle, die man kannte, waren verreist. Alle waren in der Provinz oder im Ausland – alle außer mir. Beim Bladet stand die Hälfte aller Büros leer, und jeden Tag hingen neue, farbenfrohe Ansichtskarten von sadistisch veranlagten Kollegen, die es für zweckdienlich hielten, Bilder von Badeschönheiten und Swimmingpools aus Florida oder Cannes zu verschicken, an der Pinnwand der Redaktion. Sogar Chefredakteur Otzen war in den Urlaub gefahren – das erste Mal seit fünf Jahren. Das heißt, es war natürlich kein Urlaub, mit so etwas Primitivem würde Otzen sich niemals abgeben. Es war eine »Studienreise« – was auch immer er in Bangkok studieren wollte.

Als einer der wenigen arbeitenden Schreiberlinge in der Stadt, einer der wenigen, die nicht genug gesunden Menschenverstand aufgebracht hatten, um entweder Urlaub, Arbeitslosengeld oder

Sozialhilfe zu bekommen, trieb ich also mitten in der Hitzewelle mein Unwesen. Diese hatte auch vor Christiania nicht Halt gemacht, wo sie – neben anderen, kleineren Meinungsverschiedenheiten – eine Messerstecherei mit sich gebracht hatte. Ein Finne und ein Grönländer, beide kräftig betankt, waren sich wegen irgendetwas in die Haare geraten, möglicherweise wegen eines Haschischgeschäfts, und hatten unmittelbar nach ihren Messern gegriffen. Der Finne war tot. Der Grönländer dagegen war außergewöhnlich lebendig und hatte – bevor er festgenommen wurde – schnell noch einen Versuch unternommen, dem interessierten Publikum am toten Finnen zu demonstrieren, wie man in seiner Heimat nach alter grönländischer Tradition einen Seehund zerlegt.

All das war ja durchaus vergnüglich, wenn man es denn so betrachten wollte. Jedenfalls sah ich es mir an, fuhr zum Bladet, lieferte die Story ab – nichts für die Titelseite, dafür hätte zumindest einer der beiden ein Däne sein müssen, am besten noch eine Frau – und verdrückte mich möglichst schnell wieder, um ja nicht dem amtierenden Chefredakteur Schnoor zu begegnen, der Otzen während seiner Abwesenheit vertrat. Redakteur Schnoor ist zweifelsohne ein netter und anständiger Mensch, ein braver Familienvater und ehrenhafter Ehemann, eine Zierde für seinen Stand wie auch für sein Land, aber er besaß die unglückselige Angewohnheit, ständig Anekdoten aus seiner Jugend erzählen zu müssen – eine Krankheit, die, soweit ich verstanden hatte, des Öfteren Menschen befiel, die sich ihren Sechzigern näherten oder sie bereits erreicht hatten. In Schnoors Fall äußerte sich dieses Syndrom darin, dass ihn, ganz gleich, welchen Artikel man bei ihm ablieferte, diese arglosen Papierstapel unausweichlich an einen anderen Artikel, einen anderen Papierstapel erinnerten, den er vor einer astronomischen Anzahl von Jahren, eine ganz andere Situation betreffend, bei einer ganz anderen Zeitung bearbeitet hatte. Bei dieser Gelegenheit hätte er gewisse Erfahrungen gewonnen, pflegte er zu betonen, und in diese würde er einen, ohne zu zögern, einweihen, sodass man daraus etwas lernen könne. Ein liebenswerter und edler Gedanke natürlich – wenn es denn jemals irgendeinen Menschen gegeben hätte, der aus den Erfahrungen anderer etwas gelernt hätte.

Zurück auf der Straße arbeitete ich mich durch die Strøget, was während derartiger Sommertage – und dann auch noch zum Feierabend am späten Nachmittag – eine wirkliche sportliche Leistung darstellt. Nicht so sehr wegen der Länge der Strøget oder des verdammten Gedränges, sondern eher, weil diese Fußgängerzone noch dazu von Händlern überschwemmt ist, die alles von Perlenhalsbändern über Plakate bis hin zu politischen Parolen feilbieten. Im Verlaufe von zwanzig Metern schaffte ich es, ein Volksbegehren für größere öffentliche Transparenz in der Kommunalverwaltung zu unterschreiben, die puerto-ricanische Befreiungsarmee mit einem Zehner zu unterstützen, mich eines aufdringlichen Angebots zur Teilnahme an einem Grundkurs in Scientology zu erwehren und drei kleine Broschüren entgegenzunehmen, welche die dringende Notwendigkeit von Zusammenarbeit und Solidarität in der Arbeiterklasse zum Thema hatten. Nicht ohne ein gewisses flüchtiges Gefühl der Erleichterung bog ich daher an der Helligaandskirche schräg von der Strøget ab und ging durch den Kringlegangen weiter zum Gråbrødretorvet.

Nicht weil ich dort etwas Bestimmtes vorhatte, aber wenn man lange genug in einer Stadt gewohnt hat, scheinen sich die eigenen Beine an die üblichen Wege gewöhnt zu haben und folgen ihnen wie Pferde dem Stallgeruch. Man geht einfach umher und betrachtet die Häuser, begrüßt hier und da einen zufällig entgegenkommenden Bekannten, und plötzlich befindet man sich dort, wohin die Beine es ohnehin gewohnt sind zu wandern.

Alle zehn Straßencafés – jedes Jahr eines mehr als im vorhergehenden, und so ging das schon seit Jahren – waren rappelvoll mit leicht bekleideten Frauen und Männern in aufgeknöpften Jacken und Hemden, die kühlen Weißwein oder frisch gezapftes Bier in ihren Händen hielten. Drum herum hatten sich kleine Grüppchen gebildet, die gut gelaunt auf dem Asphalt saßen und mitgebrachtes Flaschenbier tranken. Kleine Kinder planschten im Skulpturenbrunnen, und auf der Ladefläche eines Lastwagens stand eine New-Orleans-Jazzband und tutete munter den *Tiger Rag*. Festlich, volksnah und zweifellos fantastisch vergnüglich. Aber es gab nicht viel Platz, und da niemand Miene machte, mir aus eigenem Antrieb einen Tisch zu überlassen, ging ich einfach weiter am Posthof entlang zur Købmagergade.

Hier prallte ich gegen eine neue Wand aus Musik,

was mich daran erinnerte, dass in der Stadt gerade das Jazzfestival stattfand. Natürlich, irgendein Festival musste ja sein – in diesen Zeiten ist Kopenhagen während des Sommers nichts als eine lange Reihe von Festivals. Es gibt ein Tanzfestival, ein Theaterfestival, ein Revuefestival, ein Ballettfestival – und selbstverständlich auch ein Jazzfestival.

Die Klänge von der anderen Seite der Købmagergade ähnelten ganz und gar nicht jenen, die ich gerade hinter mir ließ. Mit dem etwas hüftsteifen *Tiger Rag* im Rücken näherte ich mich Schritt für Schritt einer Musik, die mindestens ihre fünfzig Jahre jünger war – ein dichter, rhythmischer Afrojazz in einer schrägen Taktart, die dafür sorgte, dass sich die Füße automatisch etwas schneller bewegten. Eine Gitarre hob sich ab, die sich mit einem veritablen Wasserfall schneller, perlender Töne um das Thema schlängelte, bevor sie plötzlich andere Themen in kurzen, spannungsvollen Sequenzen hineinzog.

Es gibt nicht viele Gitarristen dieses Formats in der Stadt, sagte ich mir im Stillen. Dann erkannte ich den Stil wieder. Es klang nach Carsten.

Je näher ich der Musik kam, desto sicherer wurde ich mir.

Einst, in meiner wilden Jugend, war ich selbst ein Musiker gewesen, und in jener Zeit spielte ich zusammen mit Carsten in einem Quintett. Er war, in krassem Gegensatz zu mir, im Laufe der Jahre immer besser geworden. Sein Können umfasste mittlerweile eine viel größere Spannbreite, die Zeit und die Routine hatten ihm eine neue Autorität verliehen. Aber er *spielte* noch genauso wie damals, seine Ideen hatten sich nicht geändert – er war einfach nur sehr viel besser darin geworden, sie zu vermitteln.

Es *war* Carsten. Er stand auf einer Holzbühne gegenüber der Zentralbibliothek auf dem Kultorvet und malträtierte seine Saiten, dass Segovia im Namen des Instruments um Gnade gebettelt hätte. Er hatte die Augen geschlossen, wie er es bei Soloeinlagen zu tun pflegte. Er war weit entrückt. Wie er dort stand, lang, dünn, schlaksig und rothaarig, mit Spitzbart und Sonnenbrille, ähnelte er zum Verwechseln sich selbst vor fünfzehn Jahren, und plötzlich fragte ich mich, warum wir uns eigentlich die letzten fünfzehn Jahre nicht gesehen hatten – wo wir doch eine Zeit lang so nah beieinander gewohnt und gelebt hatten. Tja, so ist das eben. Sich treffen und sich trennen, wie ein verständiger Vetter es einst ausdrückte.

Hinter ihm standen beziehungsweise saßen der Bassist und der Schlagzeuger, beide lächelten entspannt, während sie mit der augenscheinlich größten Leichtigkeit den Rhythmus vorgaben. Ein Altsaxophonist stand am Bühnenrand und wartete darauf, dass er an die Reihe kam – ohne Ungeduld, er schien zum einen genug Zeit zu haben, zum anderen eigentlich auch gerne hören zu wollen, was Carsten *dieses Mal* zu bieten hatte. Auf der anderen Seite stand ein blondes, zierliches Mädchen – vielleicht eine Sängerin.

Als ich die Bühne erreicht hatte, konnte ich darüber hinaus erkennen, dass der Bassist – bei all den vielen Möglichkeiten, die dieses Land bot – Frank war, ein anderer alter Freund aus Carstens und meiner gemeinsamen Band. Frank, der Rhythmusmotor, in seiner leicht wiederzuerkennenden schrägen Haltung über den Bass gebeugt, mit demselben *drive* – aber zwei Veränderungen: einem deutlich längeren Bart und einem stark angewachsenen Bauch.

Carsten beendete sein Solo und zog sich von der Bühne zurück, und Frank und der Schlagzeuger legten ein kleines Zwischenspiel ein, bevor das Altsaxophon übernahm. Ich bahnte mir einen Weg zum Bierausschank, ergatterte ein Glas und platzierte mich mit einem Ellenbogen auf der Theke dort, wo die Aussicht am besten war.

Auch das Saxophon war erstklassig. Überhaupt schien sich die Welt heute in Topform zu befinden. Die Jungs da oben, die wussten, wie man solche Sachen anpackt. Kinder und Jugendliche tanzten vor ihnen auf der Straße, Angeheiterte schrien: »Jo!«, und: »Haut rein!«, und klatschten den Rhythmus mit den Händen oder den Biergläsern mit, die Menge schien mitten im Feierabendtrubel innezuhalten, und Mutter Sonne strahlte milde, wenn auch nicht ohne Strenge auf jedermann hinab. Alles passte perfekt. Sommer war es, Sommer in Kopenhagen. Keine dräuenden Gewitterwolken, kein einziges böses Vorzeichen.

Jedenfalls nicht, bevor sich die gesamte Band – das Mädchen am Rande war auch noch dabei – ein letztes Mal um das Thema versammelte. Gerade als sie sich unter tosendem Beifall zur Coda aufschwangen, begann Carsten, unsicher hin und her zu schwanken, wie ein Betrunkener mit Krämpfen in allen Gliedern gleichzeitig. Einen Augenblick später fiel ihm die Gitarre aus den Fingern – und noch einen Augenblick später fiel er selbst zu Boden und lag lang gestreckt und regungslos auf den Holzplanken, während die Band – ganz wie ein Titanic-Orchester – die Coda planmäßig zu Ende spielte, bevor alle ihre Instrumente ablegten, um sich gegenseitig fragend anzusehen und sich in einem Wirrwarr aus Beifall, Händeklatschen, pfeifenden Lautsprechern und verwunderter Neugier – sowohl auf der Bühne als auch davor – über Carsten zu beugen.

2

Frank richtete sich als Erster wieder zu voller Länge auf, nachdem er Carsten inspiziert hatte. Er raufte sich unentschlossen die Haare, fuhr sich mit der Hand über den Bart und schaute fragend zur Sonne hinauf, als ob dort eine Antwort zu finden wäre, während er sich zum nächsten Mikrofon begab.

»Ist jemand von Ihnen Arzt?«, fragte er.

Eine Revue-Replik. Ein stehender Witz. Ein Satz, von dem ich nie geglaubt hatte, dass ich ihn einmal allen Ernstes von einer Bühne hören würde.

Aber es war ernst.

Ich bahnte mir geduldig einen Weg durch die plötzlich wie festgefrorene Menge und bemerkte, wie ein langer, dünner Herr mit goldgerahmter Brille und einer schweren Tasche dasselbe tat.

»Sind Sie auch Arzt?«, fragte er, als wir die Rückseite der Bühne erreichten.

»Nur ein Freund«, antwortete ich. »Vielleicht kann ich behilflich sein.«

Er nickte wortlos.

Wir stiegen eine bescheidene Holztreppe hinauf und betraten die Bühne, ohne vom Publikum mit besonderem Beifall bedacht zu werden. Auf der anderen Seite konnten wir uns nicht über mangelnde Aufmerksamkeit beklagen. Jedes Augenpaar auf dem Kultorvet starrte ununterbrochen zur Bühne hinauf – wie rechtgläubige Katholiken vor einem Madonnenbild oder gebannte Fußballanhänger während eines Länderspiels. Musik kann Menschen in ihren Bann ziehen, aber Krankheit – insbesondere wenn sie plötzlich auftritt – reizt die Neugierde noch um einiges mehr.

Irgendjemand murmelte: »Sonnenstich?«, direkt hinter mir. Es war der Schlagzeuger, der mit den Armen in der Luft herumruderte, entweder, um sie nach dem Schwingen der Trommelstäbe ein wenig zu entspannen, oder einfach nur, um irgendetwas zu *tun*. Er war ein kleiner, dicker Kerl – meine verstorbene Mutter hätte ihn »einen richtigen Kugelblitz« genannt – mit hellblauen Augen, die so aussahen, als könnten sie unter anderen Umständen Lust und Freude im Überfluss versprühen. Er war mindestens zehn Jahre jünger als Carsten und Frank. Oder ich.

Über Carsten gebeugt, mitten auf der Bühne, standen immer noch der Altsaxophonist und das Mädchen. Frank war ein wenig nach vorne getreten, um einen eventuell erscheinenden Arzt empfangen zu können. Jedem, der irgendwann auch nur einen kleinen Ausschnitt des menschlichen Balletts hatte betrachten können, war vollkommen klar, dass Frank jetzt der Chef war.

»Dr. Moritzen«, sagte der Arzt kurz und gab Frank die Hand. »Kam gerade vorbei.«

Er stellte seine Tasche ab, schob das Saxophon zur Seite und entfernte Carstens Gitarre, damit er sich ganz dicht über ihn beugen konnte. Von dort gesehen, wo ich stand, verdeckte er ihn vollständig.

Ich ergriff Franks Arm.

Er drehte sich um und sah mich an, als ob ich nichts als Luft wäre. Wenn ein Nashorn wutschnaubend durch die Købmagergade auf ihn zugerannt wäre, hätte er wahrscheinlich auf die gleiche Art reagiert.

Dann kehrte er in die Wirklichkeit zurück. Er erkannte mich wieder, und wir grüßten uns wortlos, so wie Leute es tun, wenn sie eine gemeinsame Vergangenheit haben – nicht vergessen, aber auch nicht gerade brandaktuell.

Dr. Moritzen kam zu uns herüber.

»Er ist bewusstlos«, sagte er schnörkellos. »Tief bewusstlos. Wir müssen sofort einen Krankenwagen rufen.«

»Flemming!«, rief Frank dem armschwingenden Schlagzeuger zu.

Flemming begriff, was von ihm erwartet wurde, sprang in scharfem Trab die Bühne hinunter und zum nächstgelegenen Café, um zu telefonieren. Dr. Moritzen ging wieder zu Carsten hinüber und beugte sich ein weiteres Mal über ihn. Die Leute auf dem Platz standen nach wie vor bemerkenswert ruhig da, im Großen und Ganzen. Ein paar vereinzelte Nachwuchssäufer forderten lautstark: »Mehr Spaß!«, schwiegen aber wieder, nachdem die Mehrheit sie mit Blicken betrachtet hatte, die sicherlich nicht töten, aber auch nicht missverstanden werden konnten.

»Was machst du denn hier?«, fragte Frank. »Wie geht es dir?«

Er sagte es, als ob er gar nicht wahrnahm, was er da von sich gab.

»Bin einfach vorbeigekommen«, antwortete ich. »Zufall. Habe euch gehört. Grandios! Großartig!«

Kein Musiker ist ganz und gar unempfänglich für Komplimente. Einfach nur menschlich, wie man so sagt. Frank sah jetzt ein *wenig* aufmerksamer aus.

»Ja, so langsam hat es angefangen, nach etwas zu klingen«, sagte er bescheiden.

Schlagzeuger Flemming kehrte zurück.

»Unterwegs«, sagte er.

Ich gab Frank einen ebenso überflüssigen wie wohlgemeinten Klaps auf die Schulter und ging zu Carsten hinüber.

Dr. Moritzen kniete neben ihm und nahm seinen Puls. Dr. Moritzen sah besorgt aus. Andererseits wirkte er wie jemand, der immer so aussah – als ob es eine Angewohnheit von ihm wäre.

Kleine Gruppen von Zuschauern auf dem Kultorvet schienen der Ansicht zu sein, dass sie inzwischen lange genug höflich abgewartet hatten. Sie kamen näher heran. Einige riefen Fragen zur Bühne hinauf.

»Was ist passiert?«

»Ist er tot?«

Gleichzeitig pumpte der feierabendliche Menschenstrom von der Strøget und vom Højbro Plads zum Nørreport immer neue Zuschauer heran – neue Zuschauer, die erst einmal auf den neuesten Stand gebracht werden mussten, und die anschließend – abgesehen von den wenigen, die es wirklich eilig hatten, den Geschäftsleuten und den Verliebten – stehen blieben. Eine Truppe betrunkener Schweden glaubte augenscheinlich, dass sie der Aufführung eines Straßentheaters beiwohnte.

Ich ging wieder zu Frank hinüber.

»Du musst etwas sagen«, sagte ich.

»Was denn?«

»Egal, was. Sag, dass ein Unfall passiert ist, dass ihm plötzlich schwindelig geworden ist, bitte die Leute, Platz für den Krankenwagen zu schaffen, sag, dass es dir Leid tut, aber gegen Krankheiten sei nun einmal niemand gefeit und wir sollten dem Patienten alles Gute wünschen. Was dir so einfällt.«

Frank massierte sich die Stirn.

»Kannst *du* das nicht machen?«, fragte er.

Das konnte ich. Das machte ich. Auf mich kann man ruhig zählen, wenn einer meiner alten Freunde während der Arbeitszeit umfällt und ich ohnehin zufällig in der Nähe bin.

Der Krankenwagen war schnell. Er teilte die Menge und hatte ein paar Sekunden später die Bühne erreicht. Ein paar Zuschauer begannen aufzubrechen. Andere wollten sich die Schlussszene nicht entgehen lassen.

Während Carsten auf die Trage gelegt wurde, fragte ich höflich den Arzt, was er denn glaube. Dr. Moritzen schob seine Goldbrille einen Millimeter weiter die Nase hinauf und erklärte feierlich, dass er der ärztlichen Schweigepflicht unterliege. Er könne sich allein gegenüber der Familie äußern – oder der Polizei.

Die letzten drei Worte hätte er nicht unbedingt sagen müssen.

»Kommen Sie mit, Doktor?«, rief einer der Rettungssanitäter.

»Ja«, sagte der Arzt.

Er griff nach seiner Tasche und verabschiedete sich pauschal mit einem großzügigen Lächeln, fragte dann aber plötzlich, als ob er noch etwas vergessen hätte: »Ist jemand aus seiner Familie anwesend?«

»Seine Freundin«, sagte Frank und deutete auf das blonde, schmächtige Mädchen, das die ganze Zeit am Rande gestanden und kein Wort gesagt hatte, zusammen mit dem ebenso stummen, sonnenbebrillten Saxophonisten, der ungefähr dasselbe Alter zu haben schien wie der Schlagzeuger.

Sie weinte. Sie wirkte *sehr* klein und aus irgendeinem Grund vernachlässigt und zerzaust. Sie sah aus, als hätte sie niemals einen Teddybär gehabt, sich niemals im Tivoli amüsiert, niemals im Kino gelacht und niemals einen tröstenden Arm um die Schulter gelegt bekommen, wenn sie es gerade gebraucht hatte. Ihre Kleidung sah genauso aus: weiß, grau, verwaschen, zu groß, aus zweiter Hand – als ob es jedermanns Zeug hätte sein können, ein zufälliger Haufen Stoff.

»Wollen Sie mit?«, fragte der Arzt. »Ins Krankenhaus?«

»Ich k-kann nicht«, schniefte sie, so einigermaßen verständlich für ein feines Gehör. Dann begrub sie ihr Gesicht in den Händen und begann, ernsthaft zu schluchzen.

»Ausgezeichnet«, sagte der Arzt – eine bewundernswert konzise und klare Persönlichkeit. »Sie können dann mich oder das Rigshospital anrufen.«

Er überreichte Frank seine Karte und bestieg den Krankenwagen. Die Menge teilte sich erneut, damit er davonfahren konnte.

Frank und ich sahen einander mit denselben leeren Augen an. Der alte Kalauer *We can't keep meeting like this* fuhr mir idiotischerweise durch den Kopf.

Das Mädchen weinte. Der Schlagzeuger wärmte sich weiter auf – oder ab –, sein ganzes Leben war offensichtlich eine einzige unendliche Joga- oder Joggingübung. Nur der Saxophonist wirkte vollkommen unberührt. Er nahm sein Instrument auf und begann, ein wenig darauf herumzublasen, langsame, tief Töne, rauf und runter, nur in Moll.

»Hör auf damit!«, sagte Frank.

Der Saxophonist setzte das Instrument ab. »Aber wir sind doch auf der Arbeit, oder?«, sagte er schleppend. »Eine Nummer müssen wir noch bringen, so steht es im Vertrag. Unsere Pause haben wir gerade verbraucht – für das hier.«

Frank sah aus, als könnte er zuschlagen. Was unter diesen Umständen vielleicht verständlich war, wenn man in Betracht zog, wie viele Jahre er und Carsten zusammengehalten hatten, aber sinnlos. Junge Saxophonisten wie dieser denken nur an Saxophone, so einfach ist das. Ungeachtet dessen, was um sie herum geschehen mag, werden sie – allen gnadenlos grassierenden Todesfällen, Mordbränden, dem Schwarzen Tod oder Orkanen zum Trotz – zu ihrem Saxophon greifen. Es ist gesund, einen festen Punkt in seinem Dasein zu haben, und ein Saxophon ist fester als die meisten anderen.

Oder auch ein Bass.

Egal, wie Franks private Meinung dazu aussah, so war er doch ein Profi. Er nickte und schickte Flemming auf seinen Platz. Er sah fragend zum Mädchen hinüber.

»Ich *kann* nicht«, sagte sie noch einmal.

Dann sah er fragend zu mir herüber.

Ich nickte.

Selbst wenn seitdem schon viele Jahre vergangen sind – wenn sich zwei Menschen einmal so gut gekannt haben wie Frank und ich, verstehen sie einander immer noch in einem gewissen Ausmaß.

Zeichensprache, so nennen es wohl die Gelehrten.

Also fasste ich sie auf eine sanfte, aber doch männlich autoritäre Weise um die Schultern und führte sie behutsam von der Bühne, während sie ihr Gesicht mit einem Taschentuch feudelte. Sie folgte mir so selbstverständlich, als hätte sie die ganze Zeit nur darauf gewartet, dass jemand sie bei den Schultern nahm.

Ich konnte genauso gut der Tatsache ins Auge blicken, dass ich ein Alter erreicht hatte, in dem mich Mädchen *ihres* Alters beruhigend und Vertrauen erweckend fanden. *Ich* fühlte mich bei diesem Gedanken ganz und gar nicht beruhigt. Ich fühlte mich zehn Jahre älter.

Wir suchten uns einen kleinen Tisch rechts neben der Bühne. Von oben startete der Saxophonist sein Solo mit einer Art von kecker Fanfare. Aus irgendeinem Grund gelang sie ihm nicht so ganz; die Keckheit schien irgendwo in der regungslosen, warmen Luft stecken geblieben zu sein – so wenige Minuten nach den Fanfaren der Krankenwagensirene.

3

Der Kultorvet war nur noch halb so voll, als wir uns an dem weißen, wackeligen Tisch in zwei Plastikstühlen niederließen, die ich fürsorglich für uns ausgesucht hatte. Eine dieser magischen, praktischen Zeitbeschränkungen, die das menschliche Leben zu dirigieren scheinen, hatte offenbar dafür gesorgt, dass ein Teil der Menge sich noch vor Toresschluss zum Kaufmann, Schlachter oder Gemüsehändler aufgemacht hatte.

Ich sah mir das Mädchen genauer an und wurde ganz gerührt. Mit ihrer sommersprossigen Haut, ihren geschwollenen Augen und den immer noch tränennassen Wangen ähnelte sie einem Schulmädchen, dem ein netter Onkel unbedingt ein Softeis spendieren sollte, am besten noch mit Sahne und Erdbeersoße.

Andererseits war es ziemlich schwer vorstellbar, dass ein Mädchen, das tagein, tagaus mit Carsten zusammenlebte, nicht über das Softeisstadium hinweggekommen sein sollte. Nach reiflicher Überlegung holte ich uns also Bier und Magenbitter.

»Hier«, sagte ich und reichte ihr einen Gammel Dansk. »Trink das!«

Ganz nach dem Buch. Aber wenn Frank schon fragen konnte, ob es hier einen Arzt gab, dann durfte ich wohl auch »Trink das!« sagen. Es war einfach einer dieser Hörspiel-Tage.

Sie trank und holte tief Luft – oder zumindest ein bisschen tiefer. Ich zündete zwei Zigaretten an. Sie betrachtete mich genauer. Entweder hatte sie nichts gegen den Anblick einzuwenden, oder sie konnte ihren Abscheu überspielen.

»Wer bist du?«, fragte sie.

Eine sehr verständliche Frage.

Ich erklärte ihr, dass ich ein alter Freund von Carsten und Frank sei, und stellte mich mit meinem vollen Namen, meinem Beruf und meiner Adresse vor – wenn auch nicht mit meiner Sozialversicherungsnummer. Ich sagte auch, dass viele Jahre vergangen seien, seit ich Carsten das letzte Mal gesehen hätte, und dass ich es so verstanden hätte, dass sie zusammen seien.

»Nein«, sagte sie. »Wir waren es. Aber – jetzt nicht mehr.«

»Ja, aber Frank ...«, begann ich.

Er *hatte* es dem Arzt *gesagt*. Ich halte viel davon, Fakten und Vermutungen auseinander zu halten. Berufskrankheit schlicht und ergreifend. Die wohlverdiente und gerechte Strafe für so viele Jahre journalistischer Tätigkeit.

»Oh, aber Frank – wusste es noch nicht«, sagte sie, während sie ihre Augen aufmerksam auf eine dicke Thalidomid-Taube gerichtet hielt, die sich einen heroischen Kampf mit einer vereinten Streitmacht von ganzen drei sippensolidarischen Spatzen um das Ende eines vorfabrizierten Hotdog-Brötchens lieferte.

»Es geht mich ja auch nichts an«, sagte ich abwehrend, beinahe entschuldigend. »Ich wollte mich nicht einmischen.«

Das ist die beste Methode, das Vertrauen eines Menschen zu gewinnen – eine andere Sache, die mich der Journalismus gelehrt hat. Beginnen Sie einfach, indem Sie sagen, dass *Sie* sich auf keinen Fall in die Angelegenheiten einer anderen Person einmischen wollten, und zehn Minuten später bekommen Sie – mit ein bisschen Geschick und einer Prise Einfühlsamkeit – die Lebensgeschichte des Betreffenden mit einem Hauch von Basilikum auf dem Silbertablett serviert.

Die Methode funktionierte auch in diesem Fall.

Während Frank sein traditionelles Basssolo ablieferte – es gibt auf der Welt höchstens zehn Bassisten, die ein Basssolo spielen können, das anders und mehr ist als eben dieses traditionelle, und Frank ist keiner von ihnen (und wird auch kaum einer werden) –, erzählte sie mir in kurzen, abgehackten Sätzen ihre Geschichte. Nicht dass dabei viel Geschichte zusammenkam. Nicht dass ich das meiste davon nicht hätte erraten oder selber sehr viel besser schreiben können. Aber es war ihre Geschichte, und deswegen bedeutete sie ihr möglicherweise etwas.

Sie hieß Lene und war 23. Sie hatte schon überall in der Provinz gesungen, besonders auf Fünen, woher sie stammte. Sie hatte Carsten in Odense getroffen, wo er mit seinem damaligen Trio gespielt hatte, sie hatte bei ein paar Nummern mitgespielt, hatte einen netten Abend mit ihm und der Musik verbracht, und – ach, den Rest können Sie sich denken.

Sie hatten sofort den unter diesen Umständen ganz speziellen Plan gefasst: nämlich, dass sie »*zusammen etwas machen wollten*«. Dadurch waren sie zu dem Quintett geworden, das ich – allerdings ohne sie – gehört hatte. Es war ganz selbstverständlich, dass Frank dabei sein würde – Frank war immer dabei, wenn Carsten etwas machte.

Das Letztere sagte sie ganz ohne Ironie.

Gleichwohl fühlte ich mich dadurch sofort um fünfzehn Jahre zurückversetzt. Es war so unmittelbar einleuchtend: Frank war immer dabei, wenn Carsten etwas machte. So war es bereits damals gewesen. Nicht nur als Bassist, sondern in einer Mischung – einer Frankensteinschen Mischung – aus Chef, großem Bruder und Butler.

Damals hatte Frank immer *zweimal* bei Carsten angerufen, um ihm zu erzählen, wann und wo wir einen Auftritt hatten – um dann sicherheitshalber doch noch bei seiner Wohnung vorbeizufahren und ihn abzuholen. Frank hatte den Gitarrenverstärker organisiert und ihm die Saiten ausgewechselt. Frank hatte Carsten zugeflüstert, welche Nummern wir spielen würden, wenn er zu high gewesen war, um sich daran erinnern zu können. Frank hatte sich nach dem Auftritt darum gekümmert, dass Carstens Gitarre eingepackt und Carsten selbst nach Hause geschickt wurde – oder nach draußen, dann aber *ohne* Gitarre.

Und Frank war immer derjenige gewesen, der in seinem tiefsten Innern davon überzeugt war, dass Carsten der beste Gitarrist von Dänemark war.

Frank war immer dabei gewesen. Was er aber verpasst hatte, war die Tatsache, dass es vorbei war zwischen ihr und Carsten.

»Er ist drogenabhängig, weißt du«, sagte sie.

Nein, das wusste ich nicht.

Nicht dass es mich überrascht hatte, es zu erfahren. Eine Spritze ist eine Spritze. Seinerzeit hatten wir – zusammen und auch jeder für sich – alles ausprobiert, was man ausprobieren konnte, und erfahrungsgemäß bleibt immer jemand hängen, ein gewisser Prozentsatz von denen, die es ausprobieren. »Jemand« konnte in diesem Zusammenhang genauso gut Carsten sein wie irgendein anderer.

Sie schien diesem »drogenabhängig sein« eine gewisse tiefere Bedeutung beizumessen, eine Bedeutung, die ich nicht nachvollziehen konnte. Ein Drogenabhängiger ist kein Gespenst, kein Geisteskranker oder Verbrecher – er ist nur ein menschliches Wesen, das Drogen braucht. Abgesehen von diesem einen Punkt ähnelt es allen anderen seiner Art – oft sehr viel mehr, als diese wahrhaben wollen.

Ich leerte mein Glas und spekulierte, welche Absicht eine eventuelle höhere Macht wohl damit verfolgt haben könnte, mich genau an diesem Tag an diese Stelle zu schicken, zu einem so seltsam oszillierenden Ort zwischen Vergangenheit und Gegenwart.

Ich spekulierte nicht besonders lange – jedenfalls nicht lange genug, um zu einer Antwort zu kommen. Der Lärm verhinderte es. Jetzt war Flemming an der Reihe, die Trommeln von Staub und Fliegenleichen freizuklopfen. Wie die meisten Schlagzeuger, die ich kannte, so klang auch er – eigentlich logisch –, als liebte er es, wie ein Kind aus vollem Herzen Krawall zu machen.

Erstaunlich, wie sich Instrumente auf ihre Spieler auswirken. Aus Gitarristen werden Solisten und Egozentriker; Schlagzeuger bleiben für immer muntere Schuljungen; aus Bassisten werden Wasserträger, Teamarbeiter und Organisatoren.

Carsten war, so erzählte sie, schon lange »drauf« gewesen. Er hatte sie auch – für eine Weile – zum Mitmachen überredet. »Um es auszuprobieren.« Wie bei allen anderen.

Sie hatten sich erst in der vorhergehenden Woche getrennt. Keiner von ihnen hatte Frank etwas davon erzählen wollen.

Ich sah fragend aus, und als Antwort auf diesen stummen Gestus bekam ich zu wissen, dass sich Frank »ja nicht soviel aus Tony machte«.

Als ich später erfuhr, dass Tony der Vorname des Altsaxophonisten war, begann das Bild, Konturen zu gewinnen. Es war nicht direkt ein neuartiges Bild, nicht gerade die verblüffendste, bahnbrechendste, sensationellste Geschichte des Jahrhunderts – »Sängerin tauscht Gitarristen gegen Saxophonisten: Eifersuchtsdrama in Jazzquintett« –, aber sie ergab Sinn. Besonders wenn man berücksichtigte, dass Carsten mindestens zwölf Jahre älter war als sie.

Und natürlich drogenabhängig.

Ich wusste nicht, was ich in diesem Fall anderes unternehmen konnte, außer beruhigend ihren Arm zu tätscheln und zu sagen, dass alles wieder gut werden würde. Also tat ich es. Als ich sie tätschelte, fiel mein Blick auf meine Uhr, und dieses bewundernswerte Präzisionsinstrument machte mir mit gewohnt gründlicher Genauigkeit klar, dass es 17.30 Uhr war – die tägliche Sprechstunde mit Gitte.

Rechtsanwältin, Volljuristin, Gitte Bristol, meine Lebensgefährtin – noch – ohne Trauschein und die standesamtlich protokollierte Mutter meines eingeborenen Sohnes befand sich zu dieser Zeit in Århus, um unseren gemeinsamen Erben ihren Eltern vorzustellen – eine Aufgabe, die sie nach meinem besten Ermessen durchaus allein zu lösen in der Lage war. Ich persönlich bin – vermutlich durch erbliche Vorbelastung – allergisch sowohl gegen Schwiegereltern als auch gegen Århus, weshalb ich der Mutter von gerade dieser Kombination abriet, da sie möglicherweise dazu führen *könnte*, dass der Sohn ohne Vater aufwachsen müsste, dafür gab ich ihr das Versprechen, täglich zu einer fest abgesprochenen und einzuhaltenden Uhrzeit anzurufen.

Also sagte ich, dass ich gleich wieder zurückkommen würde, und ging zu demselben Café hinüber, das Flemming aufgesucht hatte, um den Krankenwagen zu rufen. Mit zehn Kronenstücken und einem weiteren Magenbitter ausgestattet – damit ich ausreichend gerüstet war, mit der Frau zu sprechen, deren Stimme allein, sogar in einer durch die Telefonzelle verzerrten Form, mein ganzes System und meine ganze über die Jahrzehnte mühsam aufgebaute Identität in Scherben zu legen vermochte –, wählte ich die Nummer in Århus und bekam sie an den Apparat.

Die Verhältnisse im Westen waren allem Anschein nach das vollkommene Vorzeigeidyll. Sie begann damit, mir zu sagen, dass sie mich vermisse, was ja immer einen positiven Ausgangspunkt für einen Dialog darstellt, also ging ich auf ihren Ton ein. Anschließend offenbarte sie, dass sie und ihre Eltern am Abend einige Freunde besuchen wollten, darunter eine alte Schulfreundin, die in der Zwischenzeit drei Kinder bekommen hatte und mit der Kindheitserinnerungen ausgetauscht werden sollten, des Weiteren, dass der Junior eine auffällige Begeisterung für einen im Hause anwesenden Colliewelpen an den Tag gelegt hatte, der ihm etliche Vokale entlockt hatte, welche vorher noch nie aus seinem Munde zu vernehmen gewesen waren, wenn auch möglicherweise aus denen von Milliarden anderer.

»Und wo steckst du gerade?«, fragte sie, nachdem sie die Nachrichten des Tages vermeldet hatte.

Sie musste das Trio draußen auf dem Platz hören können – Tony, Frank und Flemming. Das Quintett, aus dem ein Trio wurde.

Ich erzählte es ihr. Sie deutete sanft, scherzhaft vorwurfsvoll – mit genau diesem Tonfall, der mich zu allem bewegen könnte, sogar zu ehrlicher Arbeit – ihre Hoffnung an, dass ich sofort nach Hause gehen würde. Ich versprach es und war kurz davor, das Telefon zu küssen.

Wenn *sie* anfinge zu singen, würde ich auch ein Orchester gründen.

Als ich wieder nach draußen kam, war Lene einstweilen verschwunden. Ich holte mir noch ein Bier und lauschte der letzten Nummer – *Night in Tunisia*. Es klang dünn, und dafür gab es viele gute Gründe. Besonders den, dass das Stück anscheinend auf eine größere Gitarren-Explosion ausgerichtet war.

»Vielen Dank«, sagte Frank nach dem vereinzelten Applaus.

Während Flemming und Tony anfingen, die Mikrofonständer und Lautsprecherkabel auseinander zu schrauben, stieg er von der Bühne und ging zum Café hinüber. Auf dem Weg warf er mir einen Blick zu, der mir anscheinend irgendetwas sagen sollte, aber dieses Mal konnte ich ihm nicht folgen. *C'est la vie*, wie meine – schon längst verschollene – französische Freundin Fiffi in ihren freien Stunden so oft bemerkte.

Lene kehrte zurück und setzte sich wortlos. Während die Leute sich langsam entweder durch die Købmagergade in die City oder durch die Frederiksborggade aus der City hinaus verloren, blieben *wir* einfach träge in der Sonne sitzen, als könnten wir uns überhaupt nicht mehr bewegen, und sahen zu, wie die Anlage auseinander genommen wurde. Es ließ mich an meine Vergangenheit denken und an all die Anlagen, die *ich* damals aufgebaut und auseinander genommen habe. Wenn Lene sich als Sängerin behaupten konnte, würde auch sie es tausendmal erleben.

Irgendwann musste ich sie mir anhören, dachte ich. Konnte in einem so kleinen Körper wirklich eine Gesangsstimme stecken?

Ich bekam keine Gelegenheit, besonders lange über dieses dringende musikalische Problem nachzudenken. Plötzlich stand Frank vor uns, ein sehr veränderter Frank, ein verwirrter und verirrter Frank, ein Frank, der vollkommen die Übersicht und die Kontrolle verloren hatte, ein Frank, der wild mit der Visitenkarte des Arztes in der Luft herumfuchtelte.

»Er ist tot«, sagte Frank. »Carsten ist tot. Überdosis, sagen sie.«

4

Setz dich«, sagte ich und stand von meinem Stuhl auf. »Was willst du trinken?«

Ich deutete erklärend zur Bar hinüber.

»Carsten ist tot«, sagte Frank. »Und du willst einfach nur wissen, was ich trinken möchte?«

»Ich kann Carsten auch nicht wieder lebendig machen«, antwortete ich. »Aber ich kann sehen, dass *du* umkippst, wenn dir nicht bald jemand etwas zu trinken einflößt.«

»Du bist zynisch«, sagte Frank.

»Klar«, antwortete ich. Auch ich weiß ein Kompliment zu würdigen.

»Hör jetzt auf, Frank«, sagte die kleine Lene. »Er hat doch Recht. Du kannst sowieso nichts mehr für Carsten tun. Setz dich hin.«

Er tat es. Ich holte Getränke.

Frank irrte sich. Ich war nicht zynisch, aber eine Überdosis ist das Risiko, das jeder Drogenabhängige automatisch eingeht. Von denen, die einmal Rauschgift ausprobieren, bleibt nun einmal – wie eben schon erwähnt – ein gewisser Prozentsatz daran hängen. Von diesem Teil stirbt ein kleinerer Teil an einer Überdosis, und ein paar von ihnen kennt man zufälligerweise persönlich, weil man nun einmal in einem kleinen Land lebt. Dagegen kann man nicht besonders viel unternehmen. Und es gibt sehr wenig, was man nach dem eingetretenen Todesfall überhaupt noch unternehmen kann – besonders dann nicht, wenn es sich um einen indirekten Selbstmord handelt oder zumindest um einen selbst verschuldeten Tod. Dann ist es einfach nur ärgerlich und sonst nichts.

»Entschuldige, dass ich so aufbrausend war«, sagte Frank, als ich zurückkehrte. »Es ist ja nicht *deine* Schuld.«

»Ich gehe davon aus, dass es seine eigene war«, sagte ich. »Wenn er seit so vielen Jahren gefixt hat, hätte er eigentlich schlau genug sein müssen, um sich keine tödliche Dosis zu spritzen.«

»Er hat nicht die *ganze Zeit* gefixt«, sagte Frank, als ob das einen Unterschied machen würde. »Er war zwischendurch immer wieder für einige Zeit clean.«

Er sah immer noch so aus, als könnte er nicht glauben, was geschehen war.

»Was hat der Arzt gesagt?«, fragte ich.

»Nur dass er nichts mehr tun konnte. Carsten hat noch eine halbe Stunde im Koma gelegen, nachdem sie ihn ins Krankenhaus gebracht hatten. Und dann war er tot – einfach so. Ich verstehe es nicht ...«

»Was verstehst du nicht?«

»Was du selbst gesagt hast: Wie konnte er bloß zu viel nehmen – so viel zu viel?«

»Vielleicht war es schlicht und einfach Selbstmord«, sagte ich. »Vielleicht hatte er sein Leben satt. Vielleicht war er wegen irgendetwas deprimiert.«

»Unmöglich«, sagte Frank kurz. »Er war rundum glücklich. Er ging vollkommen im Quintett auf. Und er hatte Lene.«

»Ich hatte ihn verlassen, Frank«, sagte Lene schlicht. »Es war vorbei. Ich konnte es nicht mehr länger aushalten. Als wäre man rund um die Uhr nichts anderes als seine Krankenschwester. Er wollte einfach nur gepflegt werden. Und dann ist er von dem ganzen Mist auch noch impotent geworden.«

»Al-so ...«, sagte Frank gedehnt, mit einem leicht hohlen Klang, »Al-so ...«

Flemming und Tony kamen mit einem Bier in der Hand zu uns herüber. Tony ließ seine Hand aufmunternd über Lenes Haar gleiten. Niemand lächelte.

Die Bühne war jetzt leer, nur die nackten Bretter lagen noch da. Alle Instrumente, Lautsprecher und Verstärker waren in einen Kastenwagen verfrachtet worden.

Plötzlich spürte ich, dass es kälter geworden war.

»Hast du angerufen?«, fragte Flemming Frank.

Er sah aus, als erwartete er gute Neuigkeiten, als erwartete er einfach eine Mitteilung, dass Carsten nur einen leichten Zusammenbruch erlitten hätte, dass er in einer halben Stunde an seinen Platz zurückkehren und weiterspielen könnte, als wäre nichts passiert. Er besaß anscheinend eines dieser Gesichter, die immer so aussehen, ganz gleich, ob der Besitzer es so meint oder nicht.

Die Wahrheit traf ihn wie ein Schock. Die Farbe wich aus seinem Gesicht, und den Bruchteil einer Sekunde lang glaubte ich, er würde umkippen. Er tat es nicht. Er tat etwas anderes und – jedenfalls in meinen Augen – sehr viel Überraschenderes. Er stellte sein Bier auf dem Tisch ab, faltete seine Hände vor dem Bauch und schien ein stummes, inneres Gebet zu verrichten.

»Und was ist mit heute Abend?«, fragte Tony.

»Verdammt noch mal«, sagte Frank. »Heute Abend …!«

»Was hattet ihr heute Abend vor?«, fragte ich höflich.

Sie sollten natürlich spielen – im Jazzcafé in der Store Regnegade. Sie sollten spielen, oder sie hätten spielen sollen.

Niemand von ihnen hatte bis jetzt darüber nachgedacht. Frank, Tony, Lene und Flemming sahen einander mit denselben scheuen Fragezeichen in den Augen an.

»Wir können doch nicht …«, sagte Flemming niedergeschlagen, immer noch bleich im Gesicht.

»Wir haben einen Vertrag«, sagte Tony kühl. Der Typ schien immer irgendeinen Vertrag zu besitzen, an den er sich halten musste, als ob dies das Einzige wäre, was dem Leben einen Sinn zu geben vermochte.

»Was sagst du dazu?«, wandte sich Frank an Lene.

»Was, glaubst du, hätte Carsten gesagt?«, fragte sie sanft.

»*The show must go on*«, sagte Tony. »Das hätte er gesagt. Oder zumindest ist es das, was er hätte sagen müssen.«

Er leerte seine Flasche und warf sie nachlässig in einen Mülleimer, wo sie klirrend auf eine Gruppe von Brüdern und Schwestern traf. Dann machte er sich mit aller Sorgfalt daran, seine Fingernägel mit einem Taschenmesser zu reinigen. Die Toten sind tot, aber die Lebenden müssen ihre Nägel reinigen.

»Kannst du?«, fragte Frank erneut Lene.

»Wenn ihr könnt, kann ich auch«, antwortete sie. Sie schien entschlossen zu sein, sich wie ein großes Mädchen zu benehmen, koste es, was es wolle.

In diesem Augenblick spürte ich meine Sympathie für sie wachsen. Vielleicht aber begann ich auch nur, auf die eine oder andere Weise zu sehen, was Carsten an ihr gefunden haben könnte.

»Natürlich«, sagte Tony, als hätte er ihre Replik selber geschrieben. »Die Welt kann deshalb schließlich nicht stehen bleiben, oder?«

Darin hatte er im Grunde genommen vollkommen Recht, gleichwohl war es nicht ganz der richtige Augenblick, es so deutlich hervorzuheben. Frank ballte seine Hände auf der Tischplatte, um sie gleich wieder zu öffnen und anschließend verwundert anzustarren, als ob er darüber nachgrübelte, wo sie denn auf einmal hergekommen sein mochten.

Ich dachte mir, dass jetzt, wo es Carsten nicht mehr gab, die Zusammenarbeit zwischen ihm und Tony wohl nicht mehr lange weitergehen würde. Ohne Instrumente schienen sie Schwierigkeiten zu haben, immer am gleichen Strang zu ziehen.

»Flemming?«, sagte Frank, wie ein Vorsitzender, der nach und nach die Meinungen der Vorstandsmitglieder einholt.

Flemming hatte kein einziges Wort von dem mitbekommen, was bisher gesagt worden war.

»Ja, es war meine Schuld«, sagte er. »Es war mein Fehler. Oh! Verdammt!«

Er weinte nicht, war aber auch nicht gerade Lichtjahre davon entfernt. So wie Lene ein kleines Mädchen gewesen war, war er jetzt ein kleiner Junge.

»Deine Schuld?«, fragten Frank und Lene im Chor.

»Ich habe ihm den Stoff besorgt«, sagte Flemming mit erstickter Stimme. »Der ihn umgebracht hat.«

»Nimm es dir nicht so zu Herzen«, sagte Tony und klopfte ihm auf die Schulter. »Wenn der es nicht gewesen wäre, dann hätte ihn eine andere Dosis umgebracht.«

Wieder hatte er vermutlich vollkommen Recht, aber es lag etwas durchaus systematisch Unsympathisches in seiner Art, Recht zu haben. Jedenfalls für meinen Geschmack – und für Franks im doppelten Maße.

»Woher hattest du denn das Zeug?«, fragte ich Flemming – so sanft, wie ich nur irgend konnte.

Er sah zu Frank hinüber. Frank deutete mit einem Nicken an, dass er ruhig mit mir reden durfte, was so viel hieß wie: Egal, was ich war, ich vertrat jedenfalls nicht das Rauschgiftdezernat.

»Aus einer Kneipe am Halmtorvet«, antwortete Flemming. »Er ... er hatte mich selbst darum gebeten. Es ging ihm gestern nicht gut. Er hat geschwitzt, war auf *cold turkey*, und er hat den ganzen Tag im Bett gelegen und war total deprimiert und hatte Angst, dass er es heute nicht schaffen würde.«

Nicht zuletzt deinetwegen, Baby, dachte ich, während ich Lene betrachtete. Aber auch ihr konnte man keinen Vorwurf machen. Ganz und gar nicht, wenn man ein wenig darüber nachdachte.

»Dann hat er mich gebeten, zu diesem Café zu gehen und nach jemandem zu fragen, der ›der Rote‹ genannt wurde, ihm fünfhundert Kronen zu geben – er hat sie sich von mir geliehen, bis wir die Gage von heute bekommen ...«

Er stockte für einen Augenblick.

Ich fragte nach dem Namen des Cafés und bekam – mit einem etwas ängstlichen Zieh-mich-da-bloß-nicht-in-etwas-hinein-Blick – mitgeteilt, dass es sich um das Café Gaslight handelte. Das wunderte mich überhaupt nicht. Vor allem deswegen nicht, weil ich mehrere Jahre lang nur wenige hundert Meter davon entfernt die Straße hinunter gewohnt hatte und weil ich während dieses Zeitraums weder an auffälliger Blindheit noch an Taubheit gelitten hatte.

Flemming hatte, so erzählte er, nach diesem Roten gefragt und zur Antwort bekommen, dass er eine halbe Stunde später kommen würde. Er hatte Carsten angerufen, und Carsten hatte ihn gebeten, so lange zu warten. Nach einer Stunde war der Rote eingetroffen, und Flemming und er hatten einen kleinen freundschaftlichen Spaziergang über den Halmtorvet unternommen. Im Verlaufe des Spaziergangs waren die 500 Kronen an den Roten übergegangen, während ein paar Plastiktütchen Morphium in Flemmings Besitz gewechselt hatten – und von dort eine halbe Stunde später in Carstens.

»Meine Schuld«, wiederholte Flemming.

Wir schüttelten alle gemeinsam unsere Köpfe, gleichzeitig und synchron wie eine Aerobicgruppe.

»Er hat dich doch darum gebeten«, sagte Frank, als wäre die Angelegenheit damit zu Ende diskutiert.

Aber das war sie nicht. Noch nicht.

»Würdest du diesen Roten wiedererkennen?«, fragte ich.

»Ja«, sagte Flemming. »Warum?«

»Weil«, antwortete ich, während die erste Ahnung einer keimenden Idee meinen Nacken mit einer gespaltenen Schlangenzunge küsste, »weil ich nicht so recht daran glauben kann, dass Carsten einfach nur zu viel von dem Stoff genommen hat. Es muss das Morphium gewesen sein. Es war zu – stark.«

»Ich weiß, wie dieser Markt funktioniert«, fuhr ich fort. »Schwarz, ohne Kontrolle, ohne Verbraucherschutz oder Beschwerdeinstanzen. Ein Verkäufermarkt. Du kaufst, so viel du bekommen kannst, für den Preis, den es nun einmal kostet. Manchmal bekommst du 100 Prozent reine Ware, aber manchmal hat man ja auch sechs Richtige, und es soll Leute geben, die glücklich verheiratet sind. In der Regel bekommst du Stoff, der mehr oder weniger verschnitten ist, 25 Prozent oder 50 Prozent oder noch mehr gestreckt und im Großen und Ganzen mit allem verschnitten, was es gibt, sogar mit chemischen Abfällen. Kannst du dich daran erinnern, Frank?«

»Ich habe diesen Dreck seitdem nicht mehr angefasst«, sagte er finster.

»Ich auch nicht«, antwortete ich. »Im Großen und Ganzen. Aber so ist es natürlich immer noch. Und jetzt passt mal auf: Wenn diese Ware, die der Rote verkauft, so giftig ist, dass ein alter, erfahrener, routinierter und gut ausgebildeter Drogenabhängiger wie Carsten daran stirbt – ja, dann können da noch einige andere nachkommen. Flemming muss ja nicht der Einzige gewesen sein, der etwas von ihm gekauft hat, oder?«

Als ich fertig war und mir eine Zigarette anzündete, war es plötzlich *sehr* kalt geworden, und wir saßen ganz alleine auf dem Kultorvet, und die Bar war geschlossen.

5

Was für ein Scheißdreck«, bemerkte Frank traurig. »Und was für ein Scheißtag.«

Nicht einmal Tony widersprach ihm.

»Also, was machen wir jetzt?«, fragte Frank – plötzlich wieder ganz der praktische Frank –, vornehmlich an mich gewandt.

»Wir sagen es der Polizei – was sonst?«, antwortete ich. »Falls der Arzt bei einer genaueren Untersuchung nicht noch etwas ganz anderes als Todesursache feststellen kann.«

»Das wäre ja praktisch, wenn er das könnte«, sagte Frank. »Kannst du nicht mal mit der Polizei reden? Du verstehst mehr von diesen Dingen als ich.«

»O. k.«, sagte ich. »Ich habe heute Abend sowieso frei. Wo kann ich dich später treffen?«

»Wir sind bis ein Uhr nachts im Jazzcafé«, antwortete Frank. »Oder bis zwei. Ansonsten …«

Er zückte einen Kugelschreiber und fand ein halbes Notenblatt, auf das er seine Adresse und seine Telefonnummer schrieb. Ich steckte den Zettel in die Jackentasche und stand auf.

Damit schien ich das Signal für einen allgemeinen Aufbruch gegeben zu haben. Die vier Musiker erklommen ihren Kastenwagen und fuhren langsam und vorsichtig mit ihrer Last zum Nørreport hinunter. Frank steuerte den Wagen. Nur Lene winkte zum Abschied.

Das war's, das kleine bunte Programm eines vergnüglichen Nachmittags. Ein Scheißdreck, wie Frank so treffend bemerkt hatte.

Ich kehrte in das Café zurück, fragte erneut nach dem Telefon und rief die Polizeistation am Halmtorvet an, wo mein – ab und an – guter Freund Polizeiinspektor Ehlers den Großteil seines elendigen, aber gleichwohl gesetzestreuen Daseins fristete. Er war anwesend. Er konnte in einer Stunde mit mir sprechen.

Wenn meine Idee stimmte, konnte im Verlaufe dieser einen Stunde eine gewisse Anzahl Drogenabhängiger in Kopenhagen Gefahr laufen, ihr Leben zu verlieren. Wenn sie denn …

Ich ließ mich erneut die Købmagergade hinuntertreiben, dorthin zurück, woher ich gekommen war. Die Straßen waren jetzt halb leer. Für anständige, normale Bürger kam die Zeit für Abendbrot und Fernsehnachrichten, die Zeit, zerstreut in den Tageszeitungen zu blättern und etwaigen verfügbaren Kindern oder Hunden die Köpfe zu tätscheln.

Ein älteres Ehepaar, amerikanische Touristen in kunterbunten Hawaiihemden, hielten mich am Højbro Plads an und fragten mich nach dem Weg zur kleinen Meerjungfrau. Als sie die Auskunft bekommen hatten und ihren Weg zum Kongens Nytorv fortsetzten, hörte ich noch, wie er ihr erzählte, dass ihm eine Sache hier ganz besonders gefiele, Dänemark wäre nämlich, verglichen mit zu Hause, das reinste Märchenland, so ganz ohne *drugs and violence*.

Vielleicht hätte ich ihn darauf aufmerksam machen sollen, dass wir auch in dieser Beziehung rapide aufholen.

Zehn Meter weiter die Strøget hinunter fand ein

weiteres Jazzkonzert auf einer Holzbühne statt, aber dieses Mal blieb ich nicht stehen. Ich blieb nicht ein einziges Mal mehr stehen, bis ich den Eingang des Bladet erreicht hatte. Vor dem blieb ich dann kurz stehen und überlegte, ob ich hineingehen und mit Schnoor über diese Angelegenheit reden sollte. Ich entschied mich, es nicht zu tun – noch nicht jedenfalls. Wenn Otzen da gewesen wäre, hätte ich es mit Sicherheit getan.

Ich überquerte den Rådhusplads, ging weiter bis in den Hauptbahnhof, bezahlte den üblichen Fünfer an den Mann, der mittlerweile seit zehn Jahren Geld für eine Fahrkarte nach Roskilde sammelt, und trat auf der anderen Seite wieder hinaus auf die Istedgade.

Mittlerweile war es ein heller Sommerabend geworden, mit einem leichten, angenehmen Wind. Ich hatte immer noch genügend Zeit, also schlenderte ich die Straße hinunter und betrachtete – weiß der Himmel zum wievielten Mal – das Stadtviertel, *mein* Stadtviertel.

Die Nutten marschierten gerade auf, im wahrsten Sinne des Wortes. Sie hatten sich rundherum an ihre zugewiesenen Plätze begeben, an Straßenecken und in Hoteleingänge, sachlich und entspannt warteten sie darauf, dass jemand anbiss. Sie redeten mich nicht an. Sie redeten nie jemanden an, dessen Gesicht sie Tag für Tag in ihrer Straße sahen.

Um mich herum auf den Treppenabsätzen hingen Leute mit ihrem Pils oder hielten – wenn sie denn dieses Stadium erreicht hatten – Obstwein auf Blindmacherbasis in den Händen. Irgendwo lag ein heruntergekommener Typ vor einem Hydranten herum, den Kopf bequem und erfrischenderweise auf sein eigenes Erbrochenes gebettet. In der Türöffnung direkt gegenüber standen drei Lederjacken und schienen darüber nachzudenken, ob sie ihn aufsammeln oder lieber versuchen sollten, ihn auszurauben. Ich kam ihrer Entscheidung zuvor, indem ich ihn aufsammelte und gegen die Mauer lehnte, Gott allein weiß, warum – vermutlich ein Florence-Nightingale-Komplex. Als er in eine stehende Position gelangt war, zeigte sich, dass er doch noch sprechen konnte. Ich angelte ein Taxi für ihn und schickte ihn nach Hause, fünf Straßen weiter.

Als ich schließlich weiterging, sprachen die Blicke der drei Lederjacken eine deutliche Sprache, wie ihre Entscheidung ausgefallen wäre. Ich hatte mich offenbar einer törichten Taktlosigkeit schuldig gemacht und mich in eine Angelegenheit eingemischt, die mich nicht das Geringste anging.

Als ich mein eigenes, bescheidenes Heim erreicht hatte, blieb immer noch eine halbe Stunde, bis Ehlers mich treffen konnte. Ich beschloss, einen kleinen Abstecher zum Café Gaslight zu machen, um seine bezaubernde, exotische Atmosphäre zu genießen. Es war einige Zeit vergangen, seit meinem letzten Besuch dort, und es ist ja immer von Vorteil, neue Erfahrungen zu sammeln.

Zu »seiner Zeit« – der Himmel weiß, nach welcher Zeitrechnung das war – soll das Café Gaslight – von Einheimischen »Gas« genannt – der Legende nach »ein anständiges Lokal« gewesen sein. Wenn das stimmt, dann muss es *sehr* lange her sein. Heutzutage war das Auffälligste an diesem Etablissement – wenn man es von außen betrachtete –, dass die Gardinen, so zerschlissen und verdreckt sie auch sein mochten, jederzeit mit außergewöhnlicher Sorgfalt zugezogen waren.

Den Grund dafür konnte man sehen, wenn man eintrat.

Man entwickelt nicht gerade ein allzu kritisches Auge in Bezug auf Geschmack, Hygiene und internationale Standards, wenn man in diesem Stadtbezirk zu Hause ist, doch selbst ein verwöhnter Liebhaber von Slums, Schlamm und dem Bodensatz der Gesellschaft würde jederzeit einräumen, dass das Gaslight mit Sicherheit einer der schmuddeligsten Vertreter seiner Branche war. Die Tische waren dieselben alten, vernarbten und zerschrammten Exemplare, an die ich mich von meinem letzten Besucher erinnerte, mit denselben pornografischen Einritzungen und mutmaßlich auch denselben Bierresten, die wie eine unabtrennbare Schmierschicht das Holz bedeckten und vielleicht so eine Art Tischtuch darstellen sollten. Die Stühle – oder, um nicht so ein großes Wort zu verwenden, die wackeligen Spontancollagen aus Holzresten, die sich auffordernd zu den Tischen gesellt hatten – entsprachen völlig diesem Hauch von Patina. Dasselbe galt für einen grauen, mit ausgetretenen Zigarettenkippen und abgebrannten Streichhölzern einfallsreich dekorierten Teppich, dessen Alter, Farbe und Herkunft im Dunkeln lagen.

Nichtsdestotrotz war das Loch brechend voll. Der

Rauch hing tief über den Tischen, und erregte Stimmen redeten durcheinander, nur gelegentlich vom harten, knallenden Stoß einer Billardkugel gegen die Bande zerschnitten.

Einige der Gesichter kannte ich, sehr viel mehr kannte ich nicht, aber keines von ihnen erweckte in mir besondere Lust, es zu kennen.

Es gab einen einzelnen freien Platz an der Theke, einen Platz für eine nicht besonders große Person. Ich füllte ihn so halbwegs aus, bestellte ein Bier, zündete mir als bescheidenen Beitrag zum allgemeinen Rauchteppich eine Zigarette an und sah mit halb geschlossenen Augen aus, als wäre ich in etwa genauso normal besoffen wie alle anderen. Für einen Augenblick wünschte ich mir, dass meine relativ saubere und gebügelte Kleidung weniger auffällig wäre.

Der Barkeeper, ein kleiner, gedrungener Mann, bekam alle Hände voll zu tun, als sich an einem der Tische eine Schlägerei zu entwickeln drohte. Als er zurückgekommen war, fragte ich ihn, wo ich den Roten finden könnte.

Er schaute mich zweimal an, bevor er sagte, dass der Rote vielleicht später hereinschauen würde.

Ich nickte wie ein Mann, der seine Zeit und seine Kräfte nicht für sinnloses Geschwätz und hohles Gerede verschwendete, wenn es sich vermeiden ließ. Ich deutete nur auf meine Flasche. Er tauschte sie gegen eine volle aus und konzentrierte sich anschließend auf seine anderen Kunden, mit einer Miene, als wäre er der ehrbare und hart arbeitende Nabel der Welt persönlich, ohne den nichts funktionieren würde. Wahrscheinlich war er das auch – zumindest für einige seiner Kunden, für die das hier die Welt darstellte.

»Du hast nach dem Roten gefragt?«, sagte eine heisere Stimme direkt hinter mir. Eine Stimme wie ein Reibeisen.

Ich drehte mich um und erblickte einen langen, kräftigen Typen in Jeans und schwarzem T-Shirt, mit Tätowierungen auf den Armen – blaue, rote und grüne Schlangen – und einem Messer – ohne Scheide – im Ledergürtel.

»Ja«, antwortete ich.

»Was willst du von ihm?«

»Mit ihm reden.«

»Er ist nicht hier.«

»Das habe ich schon gehört.«

»Du kannst stattdessen mit mir reden.«

»Ich möchte aber lieber mit dem Roten reden.«

»Er ist nicht hier. Ist der Groschen bei dir noch nicht gefallen?«

»Doch«, sagte ich. »Ich habe es schon beim ersten Mal verstanden. Ich werde nicht mehr lange hier sein.«

Ich drehte mich wieder um.

Der Barkeeper hatte das Gespräch mit kalten, wachsamen Augen verfolgt. Ich hatte den Eindruck, dass er den Tätowierungen irgendwelche Zeichen gab.

Langsam trank ich aus, unter ständiger Aufsicht der beiden Augenpaare, eines von hinten, eines von vorn. Ich zählte ein paar Zwanziger ab, knallte sie auf die Theke und sagte höflich: »Vielen Dank für die Bewirtung.« Langsam und zielstrebig ging ich zur Tür hinüber, ganz ruhig. Oder wenigstens hoffte ich, dass es so aussah. Jede Sekunde erwartete ich, dass mir jemand mit irgendetwas Schwerem von hinten den Schädel einschlagen würde.

Nichts dergleichen geschah. Aber irgendjemand bewegte sich hinter mir.

Ich hatte so eine Ahnung, dass auch Täto sich entschlossen hatte, ein Häppchen frische Sommerluft zu schnappen. Vielleicht musste sein Messer auch mal wieder ein bisschen oxidieren.

Ich hatte Glück, mehr Glück, als eigentlich erlaubt war. Das Erste, was ich erblickte, als ich aus dem Gaslight trat, war ein Verkehrspolizist, der einen Zettel, zweifellos ein Knöllchen für Falschparken, hinter die Scheibenwischer eines verdreckten blauen Morris klemmte, der eine Einfahrt blockierte. Netterweise.

Ich machte zwei Schritte auf den Wagen zu, bevor ich mich umdrehte. Täto stand in der Tür und sah mir nach, als ob er sich das Layout meines Rückens bis ins letzte Detail einprägen wollte.

In der Beziehung hatte ich ihm gegenüber einen Vorteil: Er war leichter wiederzuerkennen. Die Schlangen auf seinen Armen waren nicht zu übersehen.

Ich holte tief Luft, zündete mir eine Zigarette an, sagte im Vorübergehen freundlich: »Guten Abend, Herr Wachtmeister«, und redete mir auf dem Weg zum Halmtorvet selbst ein, dass die Welt groß ist und es dort für jeden Menschen eine Aufgabe gibt. Wer hätte zum Beispiel gedacht, dass ein einfacher Verkehrsbulle – zur rechten Zeit am rechten Ort – sich als geradezu nützlich erweisen konnte?

Ich ging zur Polizeiwache hinüber. Ich hoffte, dass Täto nicht immer noch dastand und beobachtete, wohin ich meine Schritte lenkte. Vielleicht hätte es ihm nicht gefallen.

Vielen in diesem Viertel gefällt so etwas nicht.

6

Es war schon ein paar Monate her, dass ich Ehlers das letzte Mal gesehen hatte, aber diese Monate hatten ihn nicht entscheidend verändern können. Sein Bart wucherte so wild anarchistisch in alle Richtungen, wie er es schon immer getan hatte, und er sah noch genauso müde aus wie sonst, wie er hinter seinem überfüllten Schreibtisch saß und sich hinter seinem Rücken die Akten und Berichte in den Regalen stapelten.

»Setz dich«, bot er großzügig an und deutete auf den Stuhl ihm gegenüber, ein Stuhl, mit dem ich bereits bei einigen Gelegenheiten intimen Umgang gepflegt hatte und von dem ich daher wusste, dass er sich perfekt für beispielsweise das Café Gaslight eignen würde.

Als wir im Verlaufe einer Minute die höflichen gegenseitigen Fragen zum werten Befinden und nach der Familie abgehandelt hatten, erzählte ich ihm so kurz wie möglich den Verlauf meines unterhaltsamen Nachmittages.

Danach brummte er nur vor sich hin.

»Ich kann nicht glauben, dass du einfach reingegangen bist und nach diesem Roten gefragt hast«, sagte er in einem leicht vorwurfsvollen Ton.

»Ach, verdammt«, sagte ich. »Wenn ein junger Schlagzeuger es kann – als Botenjunge für einen anderen –, dann werde ich es wohl auch können. Was in Dreiteufelsnamen kann denn so schlimm daran sein, mit dem Roten reden zu wollen? Es könnte sich ja um alles Mögliche handeln. Apropos, kennst du ihn vielleicht?«

»Ich glaube nicht«, sagte Ehlers. »Aber ich kenne den, der so liebenswürdig gewesen ist, dich aus dem Gaslight hinauszubegleiten. Der mit den Schlangen auf den Armen. Er heißt Tom. Benannt nach – na, du weißt schon, wem. Wir hatten ihn schon ein paarmal verhaftet. Gewaltverbrechen. Ihm macht es ziemlich viel Spaß, Leute zusammenzuschlagen. Er arbeitet zwar meistens im Auftrag anderer und gegen Bezahlung, aber es würde mich nicht wundern, wenn er es auch als Hobby in seiner Freizeit betreibt – einfach aus Liebe zur Sache. Ich finde nicht, dass er einen besonders sympathischen Umgang abgibt.«

»Das war auch nicht mein unmittelbarer Eindruck.«

»Aber diese Sache mit deinem Freund – hmm. Ich verstehe nicht so viel von diesen Substanzen – abgesehen davon, dass ich jeden Tag beobachten kann, wie gut sie sich eignen, aus menschenähnlichen Wesen total unwürdige Wracks zu machen –, aber falls du Recht hast …«

»Mir ist schon klar, dass es ein ziemlich großes Falls gibt«, räumte ich ein. »Aber denk mal an das Risiko.«

»Tja«, sagte Ehlers. »Ich glaube, viele anständige Steuerzahler wären der Auffassung, dass dies eine einfache und bezahlbare Methode darstellen könnte, das Drogenproblem zu lösen, wenn sie einfach nur einer nach dem anderen an einer Überdosis sterben würden, die ganze Bande.«

»Das werden sie doch sowieso«, sagte ich. »Aber vielleicht macht es für sie oder ihre Familie doch einen gewissen Unterschied aus, ob es zehn Jahre früher oder später geschieht.«

»O. k.«, sagte Ehlers. »Dann wollen wir mal human sein. Es gibt praktisch nur eine Sache, die *ich* tun kann, und die werde ich tun. Ich werde umgehend um eine medico-legale Leichenschau ersuchen.«

»Schönes Wort, was du da gelernt hast. Und was soll es bedeuten?«

»Eine Untersuchung schlicht und ergreifend. Eine Blutprobe sollte eigentlich reichen. Wie hieß dieser Arzt, der zufällig vor Ort war?«

»Moritzen.«

Ehlers nahm das Branchenfernsprechbuch zur Hand und schlug es unter der Rubrik »Ärzte« auf.

»Es gibt zwei«, sagte er. »Einen Michael und eine Lise-Lotte.«

»Endlich einmal eine leicht zu beantwortende Frage«, sagte ich.

Ehlers rief an, bekam aber keine Verbindung. Er versuchte es ein weiteres Mal – ohne Glück.

»Dann müssen wir es wohl selber machen«, sagte er. »Ich dachte eigentlich, Ärzte würden immer ihren Anrufbeantworter einschalten.«

Mit einem Seufzen ließ er sich in seinen Stuhl

zurückfallen und wählte eine andere Nummer. Unterdessen starrte ich, wie ich es in seinem Büro immer zu tun pflegte, auf den Halmtorvet hinunter. Die Sonne hatte sich mittlerweile zurückgezogen, aber ihre Wärme hing weiterhin in der Luft und würde es auch den größten Teil des Abends noch tun. Ich öffnete ein Fenster, schnappte eine doppelte Portion Luft, sah eine Nutte schnell und leichtfüßig in ein Taxi zu einem wartenden Herrn hüpfen und schloss das Fenster wieder.

»Ehlers hier«, verkündete dieser mit brutaler Ehrlichkeit durch das Telefon. »Es gibt da eine Leiche, die ich gern untersucht haben möchte. Eine Leiche von heute Nachmittag – abgeliefert im Rigshospital von einem Dr. Moritzen. Der Musiker Carsten Friis, ein Drogenabhängiger, der vermutlich an einer Überdosis gestorben ist. In der Zwischenzeit hat ein kleines Vögelchen mir ins Ohr gezwitschert, dass es sich vielleicht lohnen könnte, etwas genauer hinzuschauen, was und wie viel er genommen hat und was die eigentliche Todesursache ist. Wie sieht es damit aus?«

Eine Stimme am anderen Ende der Leitung begann zu sprechen. Laut genug, dass ich die Stimme wiedererkennen konnte – es war das aristokratisch sarkastische Organ von Polizeiarzt Dr. Bang –, aber nicht laut genug, dass ich einzelne Worte verstehen konnte.

»Aha«, sagte Ehlers. »Dann eilt es eben. Fangen Sie sofort an!«

Er legte auf, ohne auch nur höflich auf Wiedersehen gesagt zu haben.

»Bang sagt«, sagte er, »dass er tun wird, was in

seiner Macht steht, aber er hat später am Abend eine wichtige Verabredung mit einer ausländischen Koryphäe – so gegen 22 Uhr.«

»Dann könnte er es ja gerade so schaffen«, antwortete ich.

»Ja«, sagte Ehlers. »Und das wird er auch. Aber darf ich nebenbei auch mal fragen: Woher kommt dein Interesse an dieser Sache? Alte Freundschaft? Oder ein Brötchen-Beitrag für das Bladet?«

»Vielleicht beides – oder auch keins von beidem«, sagte ich. »Ich bin zufällig vorbeigekommen und habe es gesehen.«

»Aber du kennst diese Menschen und das Milieu.«

»*Kannte.*«

»So schnell ändern sich die Dinge nicht.«

»Nein, o. k., aber ich hatte ihn seit vielen Jahren nicht mehr gesehen. Plötzlich stand er einfach vor mir auf der Bühne, das war alles. Und ich bin stehen geblieben. Und weil ich im Augenblick gerade Strohwitwer bin und jede Menge Zeit übrig habe …«

»Strohwitwer? Du auch?«

»Auch du, mein Sohn?«

»Meine Frau und die Kinder sind hochgefahren zu ihrer Schwester. Das ist unter anderem einer der Gründe dafür, dass ich heute Abend hier bin. Ehrlich gesagt kann ich es kaum ertragen, in ein leeres Haus zu kommen. Ich stehe kurz davor, einfach ins Hotel zu ziehen, solange sie weg sind.«

»Du bist und bleibst ein rührender Familienmensch.«

»Quatsch. Du hast nur so viele Jahre lang alleine

schlafen müssen, dass du dich daran gewöhnt hast.«

Da hatte er allerdings Recht. Auch nachdem wir das Kind bekommen hatten und ich mehr oder weniger bei Gitte eingezogen war, hatte ich weiterhin meine alte Wohnung behalten und benutzte sie hin und wieder auch noch – wie zum Beispiel jetzt in diesen Tagen.

»Wollen wir morgen nicht gemeinsam zu Abend essen – so wie es im Buche steht?«, fragte ich. »Und über unsere Frauen reden?«

»Gerne. Bei deinem Chinesen.«

»Ho Ling Fung?«

»Ho Ling Fung.«

Ho Ling Fung nimmt für alle Zeiten einen besonderen Platz in meinem Herzen ein. Nicht nur, weil ich das chinesische Essen, das bei ihm zubereitet und serviert wird, ohne Zögern als das beste der Stadt bezeichnen würde, sondern auch, weil er klug, höflich, freundlich und diskret ist. Und wenn das als Aushängeschild noch nicht reichen sollte, so habe ich auch bei ihm Gitte Bristol zum ersten Mal gesehen.

Ehlers schaute auf seine Uhr.

»Ich rechne damit, dass Dr. Bang sich in etwa einer Stunde bei mir melden wird«, sagte er. »Bis dahin habe ich einen verdammt hohen Stapel von Akten abzuarbeiten. Es gibt haufenweise Dokumente, die ich expedieren und, mit kleinen Stempeln versehen, in hübsche Aktendeckel einheften muss. Ich kann es genauso gut jetzt erledigen. Möchtest du hier warten, rufst du an, oder kommst du nachher wieder?«

»Ich komme wieder. Ich habe es ja nicht so weit nach Hause.«

»Pass auf, dass Tom dir nicht über den Weg läuft«, sagte Ehlers.

Er klang, als meinte er es ernst.

Aber Täto-Tom lief mir nicht über den Weg, und andere alte Freunde im Übrigen auch nicht. Ich ging direkt nach Hause und nahm ein kühles Bad, um die Hitze und den Staub von mir abzuspülen. Ich spendierte mir einen Whisky, setzte mich in meinen besten Stuhl – um eine klitzekleine Winzigkeit komfortabler als seine Kollegen im Gaslight oder bei der Polizei – und hörte mir eine Schallplatte mit Billie Holiday und Lester Young an, während ein sanftes, dekoratives Halbdunkel sich gnädig um die heruntergekommenen Hausdächer der Istedgade legte.

Ich wurde nur ein einziges Mal – mitten in *Out of nowhere* – vom Telefon gestört. Es war der amtierende Chefredakteur Schnoor, dem »gewisse Gerüchte« über einen Kollaps zu Ohren gekommen waren, der möglicherweise sogar ein Todesfall gewesen sein könnte, mitten im Jazzfestival auf dem Kultorvet heute Nachmittag. Der amtierende Chefredakteur Schnoor wollte gerne wissen, ob ich da »einen Fuß in der Tür« hätte.

Ich erklärte ihm mit einer gewissen Berechtigung, dass ich nicht nur einen Fuß in der Tür hätte, sondern im wahrsten Sinne des Wortes mit beiden Beinen fest in dieser Geschichte verankert wäre. Ich würde schon rechtzeitig liefern.

Ganz ruhig, Schnoor, war die verborgene Nachricht hinter meinen Worten. Ich mach das nicht zum ersten Mal, Schnoor. Wofür hältst du mich eigentlich.

Nur um ihn zu ärgern, fragte ich noch, wann denn Otzen aus dem Urlaub zurückkäme. Das veranlasste ihn dazu, den Hörer auf die Gabel zu knallen.

Nach der einen Schallplattenseite konnte ich nicht mehr stillsitzen. Ich dachte an Ehlers' leeres Haus. Ich bekam Angst, dass es mir mittlerweile vielleicht ganz ähnlich ging – jetzt schon.

Ich ging zum Stjernecafé hinunter, gleich unten um die Ecke, und steckte meinen Kopf nebst Anhang zur Tür hinein. Menschen mit einer eingefleischten Vorliebe für ein Leben, wie es im d'Angleterre oder im Hotel Plaza gelebt wird, könnten möglicherweise einige kritische Vorbehalte gegenüber dem Stjernecafé hegen, aber, verglichen mit – beispielsweise – dem Café Gaslight, ist es ein Etablissement mit einer gewissen Klasse. Es ist schon länger als ein Jahr her, dass ich dort einen Mord erlebt habe.

Wie gewöhnlich stand Bob hinter dem Tresen. Standhaft steht der dänische Barkeeper. Wie gewöhnlich saßen die Stammgäste rundherum an ihren Plätzen. Sesshaft sitzt der dänische Stammgast. Manchmal bekommt man – jedenfalls hier in dieser Stadt – den Eindruck, als sei man ein Goldfisch, der mit kleinen verschämten Flossenschlägen ununterbrochen in demselben Aquarium herumkreist.

Diesmal gewann Bob die traditionelle Runde Bluff. Fünf Einser schon in der ersten Runde und eine verdammte Serie nach der anderen, wer kann schon etwas dagegen machen?

Als er auch die Revanche gewonnen hatte und wir beide folglich um zwei Getränke reicher waren, bezahlte ich und verabschiedete mich.

»Arbeit?«, sagte Bob, die Frage so höflich formulierend wie der englische Butler auf einem Landsitz in einem Oberklassen-Roman.

»So ähnlich«, sagte ich.

Jetzt, da die Kühle langsam die Oberhand gewann und Schneisen in die vorher so drückende Hitze schlug, hatten viele Stadtbewohner ihre Behausungen verlassen. Überall schlenderten junge, jüngere und auch ältere Paare umher, Arm in Arm oder Händchen haltend, während einsame Sonderlinge zwischen ihnen herumliefen und so taten, als würden sie sie gar nicht bemerken.

Ich hatte Sehnsucht nach Gitte und redete mir ein, dass es gesund wäre, sich zu sehnen. Ich wusste, dass sie genau dasselbe gesagt hätte.

Aber ich vergaß sie sofort wieder, als ich erneut Ehlers' Büro betrat und ihn mit einem Stempel in der Hand dasitzen sah. Der Stempel hing in der Luft, schwebte über einem Stück Papier, doch der Arm schien vollkommen regungslos, als ob er sein Vorhaben mitten in der Bewegung vergessen hätte.

»Na, da bist du ja«, sagte er. »Herzlichen Glückwunsch! Fünf Kanülen! Es war genau so, wie du gesagt hast. Es war nicht nur keine gewöhnliche Überdosis. Es war überhaupt keine Überdosis. Es handelte sich um vergiftetes Morphium.«

7

»Vergiftet?«, wiederholte ich begriffsstutzig, als ich mich ohne besondere Einladung in den gewohnten Stuhl fallen ließ. »Vergiftet?«

»Wie du schon ganz richtig sagst: vergiftet«, antwortete Ehlers. »Bang kommt in fünf Minuten. Er kann es besser erklären.«

Schließlich fiel der Stempel definitiv, schwer und endgültig auf den Platz, wo er hingehörte. Ehlers schob den Papierstapel zur Seite und lehnte sich zurück.

»Ich mag das nicht«, sagte er – überflüssigerweise.

Nachdem wir uns ein paar Minuten lang in Zigarettenrauch und Schweigen gehüllt hatten, kam Dr. Bang herein – lang, dünn, arrogant und wie immer gut gekleidet, sodass es schon fast an Blasphemie und Taktlosigkeit grenzte bei einem Mann, der den größten Teil seiner Wachphasen in Leichen herumwühlte, die sich in den verschiedensten Stufen der Auflösung befanden.

»Guten Tag, junger Mann«, begrüßte er mich mit einem Nicken, während er seinen Hut lässig über einen Haken hängte. »Na, sind Sie auch in diese Angelegenheit verwickelt?«

Für Dr. Bang würde ich immer ein »junger Mann« bleiben. Und »Sie«.

»Es war seine Idee«, sagte Ehlers.

»Eine ausgezeichnete Idee«, bemerkte Bang. »Wie sich gezeigt hat.«

»Und was war es jetzt?«, fragte Ehlers.

»Strychnin«, sagte Bang. »Sehr simpel. Einfach und effektiv. Im Volksmund auch Rattengift genannt. Warum sich eine gewisse Art von Giftmördern solche Mühe macht und diesen ganzen Aufwand mit Zyankali und Kurare und dergleichen betreibt, ist mir unbegreiflich. Strychnin ist das ideale Produkt für diesen Zweck.«

»Warum?«

»Es ist geschmacklos. Man spürt es nicht – jedenfalls so lange nicht, bis man daran stirbt. Und man bekommt es in Form eines weißen Pulvers, das man praktisch nicht von Morphium unterscheiden kann. Das Ergebnis einer nur bescheidenen Dosis ist eine Lähmung des Atemzentrums. Es dauert nur ein paar Minuten von fix bis fertig, wenn Sie diesen Ausdruck gestatten wollen.«

Carsten muss sich die Spritze also direkt nach seinem Solo gesetzt haben, als er zurücktrat, um Tony den Platz für sein Solo zu überlassen. Zurücktrat – das waren genau die passenden Worte.

»Warum hat der andere Arzt nichts davon bemerkt?«

»*Ihm* kann man da überhaupt nichts vorwerfen«, sagte Dr. Bang mit klarer kollegialer Solidarität. »Er hat gesehen, dass der Mann drogenabhängig war – diese Einstichnarben in den Armen waren unmöglich zu übersehen! –, und stellte alle relevanten Symptome einer Überdosis fest, was ja auch mit Abstand die einleuchtendste Erklärung war. *Er* war nicht dazu verpflichtet, eine medico-legale Leichenschau vorzunehmen, nur sie zu empfehlen – und das hat er getan.«

»Die normale Dosis«, fuhr der Arzt fließend fort,

mit derselben verbalen Eleganz, die auch seine berühmten Vorlesungen an der Polizeischule auszeichnete, »liegt für den erfahrenen Drogenabhängigen irgendwo zwischen – sagen wir – durchschnittlich 20 bis 40 Milligramm. Eine Überdosis tödlicher Natur dürfte für eine solche Person an die 100 Milligramm betragen, mehr oder weniger. Ich schätze, dass er sich das verabreicht hat, was in diesen Kreisen ›ein ordentlicher, großer Schuss‹ genannt wird, also etwa 30 Milligramm – dann hätten sich darin etwa 5–10 Milligramm Strychnin befunden. Das reicht allemal.«

»Aber«, fügte Bang hinzu, während er ein exklusives Zigarettenetui aus seinem hellgrauen Sommermantel fischte, »wie man sich bettet, so liegt man. Gibt es noch etwas, was ich für Sie tun kann – außer einen offiziellen Bericht zu schicken, in dem alles noch einmal auf Lateinisch steht – irgendwann im Laufe des morgigen Tages?«

»Nur eines noch«, sagte Ehlers. »Dieses Morphium zu vergiften – muss man dafür über besondere Kenntnisse verfügen?«

»Kenntnisse?«, antwortete Bang und zündete seine Zigarette an. »Nicht im Geringsten. Es ist nicht schwieriger, als sich eine Zigarette anzuzünden. Ein Schulkind, das im Chemieunterricht immer schön aufgepasst hat, wäre dazu in der Lage, auch wenn es nur zwei linke Hände hätte. Man braucht die beiden Stoffe nur zu kennen und sie zu besitzen. Dafür muss man kein ausgebildeter Arzt oder Apotheker sein.«

»Man könnte zum Beispiel einfach nur ein Drogenabhängiger sein?«, schlug ich vor.

»Tja«, sagte Bang. »Zum Beispiel ein Drogenabhängiger, der in einer verkommenen Bruchbude wohnt, in der es Ratten gibt, was für viele von ihnen bestimmt zutrifft. Jedenfalls haben sie sie nicht *nur* auf dem Dachboden. Übrigens hätte ich selbst – wenn *ich* es gewesen wäre – eine einfache Überdosis verwandt. Sehr viel sauberer.«

Er griff wieder nach seinem Hut, lupfte ihn zu einem gelassenen Gruße, sagte förmlich: »Guten Abend, meine Herren«, und war schon wieder zur Tür hinaus. Ehlers und ich blieben zurück und sahen uns an. Das war bestimmt nicht der schönste Anblick, den wir uns vorstellen konnten, aber es bot sich nicht so viel anderes.

»Da wären wir mal wieder«, sagte Ehlers. »Die Heilige Dreieinigkeit: Mord, Selbstmord oder ein Unglücksfall?«

»Letzteres kannst du getrost ausschließen«, antwortete ich. »Dass die Dealer das Morphium gern *verdünnen,* damit sie mehr rausholen können, ist eine Sache, aber ich zweifle stark daran, dass es irgendeinen Profi gibt, der – einfach aus reiner Zerstreutheit – Morphium und Strychnin nebeneinander in zwei kleinen Schälchen stehen hat und irgendwie Kunden und Ratten durcheinander bringt. Das ist nicht gut fürs Geschäft. Tote Drogenabhängige kaufen nichts mehr. Und es gibt kein Drogen-Büfett, an dem man sich selbst bedienen kann.«

»Dann streichen wir das«, sagte Ehlers. »Könnte man sich vorstellen, dass er Selbstmord begangen hat?«

»Soweit ich ihn kannte – nein. Aber das ist, wie

gesagt, schon lange her. Und seine Freundin hat ihn gerade verlassen, also …«

»Aber du glaubst es nicht?«

»Ehrlich gesagt, nein.«

»Warum nicht?«

Wie sollte man so etwas in wenigen, deutlichen Worten erklären können? Der Carsten, den ich gekannt hatte, besaß ein gewisses Etwas, das jeden Gedanken an Selbstmord ganz und gar ausschloss. Das bekam man nicht mit logischen Argumenten zu fassen. Seine »Aura«, wie es die Mystiker ausdrücken würden, oder was andere vielleicht »seine Wesensart« genannt hätten. Plötzlich kam mir die Erleuchtung.

»Ich glaube«, sagte ich, »dass er viel zu sehr in sich selbst verliebt war und die Welt eines solchen Talents nicht berauben wollte.«

»Das klingt sarkastisch?«

»Eigentlich nicht – ich habe es jedenfalls nicht so *gemeint*. Er war tatsächlich ein seltenes musikalisches Talent, und es ist ja nichts Merkwürdiges daran, dass ihm das auch aufgegangen ist. Es wäre sehr viel merkwürdiger gewesen, wenn es ihm niemand erzählt oder er es nicht irgendwo gehört hätte.«

Wieder entstand einen Augenblick lang eine parenthetische Pause.

»Nun«, sagte Ehlers, als ob er sich selbst einen Stoß gegeben hätte, »dann müssen wir jetzt wohl loslegen.«

»Womit?«

»Das Übliche. Die Routine. Erstens: Wir müssen seine Wohnung untersuchen, ob es dort vielleicht noch mehr von diesem Stoff gibt – oder andere Anhaltspunkte. Zweitens: Wir müssen diesen Schlagzeuger verhören, der ihm das Zeug besorgt hat – wie hieß er gleich, Flemming?«

»Flemming Jacobsen.«

Er schrieb es sich auf.

»Und«, fügte er hinzu, »drittens: Wir müssen den Roten ausfindig machen, wenn nötig über diesen Tom. Wenn wir *können*.«

»Tja«, sagte ich. »Es ist eigentlich ganz einfach, und das ist das Problem. Soweit ich es überblicken kann, gibt es nur zwei realistische Möglichkeiten. Die eine ist, dass irgendjemand einen Riesenrochus auf Carsten Friis hatte und ihn deshalb mit einem tödlichen Fix bekannt machte. Dieser Jemand könnte jeder sein. Es *könnte* derjenige sein, der ihm den Stoff verkauft hat, aber es *könnte* auch der sein, der ihm den Stoff gebracht hat – oder irgendjemand anderes, der Zugang zu dem Zeug hatte, bevor es schließlich verbraucht wurde. Wir wissen nicht, wie viele Gäste Carsten gestern möglicherweise gehabt hat. Einer von ihnen *könnte* eine ganz normale Morphiumdosis gegen seine eigene, hausgemachte, handwarme Mixtur ausgetauscht haben.«

»Richtig«, sagte Ehlers. »Und Friis persönlich können wir nicht mehr fragen. Wenn das die eine Möglichkeit ist, wie lautet dann die andere?«

»Ein Verrückter«, antwortete ich. »Der übliche Verrückte oder, genauer gesagt, eine unübliche Variante des üblichen Modells. Eine Person, die der Auffassung ist, dass nur ein toter Drogensüchtiger ein guter Drogensüchtiger ist. Jemand, der vielleicht selbst eine Frau, einen Sohn oder eine Tochter durch Drogen verloren hat und sich am ›Milieu‹ rächen will. Ein ›Geistesgestörter‹, wie man es im psychiatrischen Jargon wohl nennt.«

»Glaubst du selbst daran?«

»Nicht unbedingt, aber es ist eine Möglichkeit. Kannst du dich an den ›Montagsmörder‹ erinnern?«

»Natürlich kann ich das.«

Der »Montagsmörder« war ein bescheidener jüngerer Mann aus Nørrebro, der im vergangenen Jahr – und immer nur montags, wenn seine einzige Verwandte, eine behinderte Schwester, zur Beobachtung in der Klinik war – drei junge Mädchen umgebracht hatte, die ihm zufällig über den Weg gelaufen waren. Ohne ökonomisches Gewinnstreben, ohne dass er sie kannte, ohne den Versuch, sie sexuell zu missbrauchen – anscheinend ohne irgendeinen anderen nachvollziehbaren äußeren, konkreten Grund. Der einzige Mörder dieser Art, dem *ich* jemals begegnet bin – aber wo es einen gibt, kann es – erfahrungsgemäß – auch zwei geben.

Oder noch mehr.

Ehlers räumte ein, dass diese Möglichkeit existierte, und wandte sich wieder praktischen Dingen zu. Er hatte die Augen für eine Weile geschlossen gehalten, und ich war mir sicher, dass er – während ich sprach – den »Montagsmörder« vor sich sah, der, als wir ihn verhaften wollten, aus seiner Wohnung im vierten Stock in der Nørrebrogade sprang, direkt auf den Asphalt und vor einen Ford Cortina, welcher den Fall erledigte.

»Dieser Flemming«, sagte Ehlers, »der junge Mann, der Schlagzeuger, der mit dem Roten gesprochen hat. Wo können wir ihn finden?«

»Er spielt gerade«, sagte ich mit einem Blick auf die Uhr. »Er haut die Häute im Jazzcafé in der Store Regnegade. Ich habe selber schon darüber nachgedacht, ob ich heute Abend noch dort vorbeischaue und es ihnen erzähle.«

»Ich weiß nicht, wie viel du ihnen wirklich erzählen solltest.«

»Alles, finde ich. Es sind ja keine Staatsgeheimnisse. Und ich habe mehr oder weniger in ihrem Auftrag gehandelt.«

»Wirst *du* jetzt auch langsam zum Anwalt?«

»Nein, nur Vertreter und Vertrauensmann – in dieser Sache. Die anderen mussten schließlich spielen.«

»Ich möchte wetten, dass du dir auch wünschst, spielen zu müssen.«

»Das ist schon lange vorbei. Und *ich* war kein seltenes musikalisches Talent.«

»Aber du hast es gerne getan. Du hast es wirklich geliebt.«

»Schon wahr, aber das steht im Augenblick nicht ganz oben auf der Tagesordnung.«

»Nein. Du willst wahrscheinlich auch noch beim Bladet vorbeischauen?«

»Das auch.«

»Und einen Nachruf schreiben?«

»Vermutlich. Der Musik-Mitarbeiter ist bestimmt schon nach Hause gegangen. Ich *könnte* ihn selbstverständlich anrufen. Das *sollte* ich wahrscheinlich auch.«

»Warte noch ein bisschen. Komm erst einmal mit, wenn wir seine Wohnung untersuchen. Du kannst vielleicht behilflich sein. Du kennst ihn besser als ich – obwohl du offiziell natürlich nicht anwesend sein wirst.«

»Ich weiß noch nicht einmal, wo er wohnt.«

»Was schätzt du?«

»Christianshavn.«

»Warum dort?«

»Dort wohnen mehr Musiker als in jedem anderen Stadtteil. Es ist wie mit den Großhändlern in Gentofte. Reine Statistik.«

Ehlers nahm sein Telefonbuch und schlug es auf. Eine Sekunde später gluckste er.

»Da sieht du es«, sagte er. »Genau auf diese Art kannst du uns behilflich sein. Er wohnt in Christianshavn – in der Wildersgade. Jetzt brauchen wir nur noch Kaspersen und den Wagen, und dann nichts wie los – ich werde dich danach noch zum Bladet fahren.«

»O. k.«, sagte ich.

Es war gerade erst zehn. Die Uhren hatten heute einen besonders schleppenden Rhythmus.

Vielleicht lag es an der Hitze.

8

Im Süden nennt man es *déjà vu*. Als ich im Polizeiwagen meinen Platz einnahm, um mich zum zweiten Mal an diesem Tag nach Christianshavn hinauszubegeben, bekam ich das Gefühl, als wären wir schon tausendmal auf diese Art gefahren – Ehlers, sein Lieblings-Mitarbeiter Kaspersen und ich. Tausendmal ist natürlich eine Übertreibung, aber einige Male in Verbindung mit einigen Fällen waren es mittlerweile geworden. Menschen unternehmen die merkwürdigsten Dinge, um zu überleben – sie untersuchen sogar, warum diejenigen, die nicht überlebt haben, es nicht geschafft haben.

Noch immer tummelten sich viele Menschen in den Straßen. Es versprach, eine Nacht wie geschaffen für schwärmerische Mondschein-Promenaden zu werden.

Kaspersen bog schweigend in die Wildersgade ein und fand nach einigem Suchen die richtige Immobilie. Es war eines der alten Häuser am billigeren Ende der Straße, eines der Häuser – von denen Christianshavn eine ganze Menge besitzt –, die aussehen, als hätte sie seit ihrer Errichtung niemand mehr angerührt, was wahrscheinlich auch der Fall ist. Von außen betrachtet, schien es sich zu neigen, und es sah aus, als würde es sich jedes weitere Jahr noch ein bisschen tiefer neigen. Die Tür war schief und krumm, unmöglich zu schließen, und die Treppe war dermaßen baufällig, dass man es als ein großes Glück betrachten musste, dass keiner von uns besonders übergewichtig war.

Der erste Stock war bereits ein Treffer. Zur Linken hing ein Stück Papier an der Tür und verkündete lakonisch den Namen »Carsten Friis«. Zur Rechten hing gar nichts, aber es klang nach viel mehr – eine lärmende Party mit ausgesprochen hausgemacht wirkender Musik und Gesang, begleitet von einer größeren Rhythmussektion aus diversen Küchenutensilien und Haushaltswaren. Festlich, volksnah und vermutlich verhältnismäßig feuchtfröhlich.

Kaspersen öffnete Carstens Tür so schnell, dass ich gar nicht mitbekam, wie er es anstellte. Wahrscheinlich hätte eine geübte Hand sie mit einem verbogenen Pfeifenreiniger öffnen können. Sie war so dünn wie eine königliche Neujahrsansprache.

Im Entree – um ein schmeichelhaftes, großes Wort für eine geringfügig erweiterte Besenkammer zu verwenden – dröhnte der Lärm der Nachbarn noch lauter als im Treppenhaus. Eine anregende Akustik, in der man hier lebte.

Château Friis bestand – wie so viele mittelalterliche menschliche Behausungen in dieser Stadt anno 1985 – aus zwei kleinen Zimmern, einer Küche und einer Toilette. Es war einfach, aber funktionell möbliert, wie es der Architektur-Mitarbeiter des Bladet formulieren würde: In dem einen Zimmer lag eine große Matratze auf dem Fußboden – die diskrete Andeutung eines Schlafzimmers. In dem anderen gab es vereinzelte Kissen und ein paar Stühle um einen Tisch herum – ein so genanntes Wohnzimmer, auch wenn es sich nicht unmittelbar als Gegenstand für einen tief schürfenden Artikel in einer Einrichtungszeitschrift eignete. Keine kleinen, schicken Antiquitäten von einem Pariser Flohmarkt, keine schlichten Standaschenbecher oder Palmen als charmanter Stilbruch oder überraschende Dekoration. Nur eine abgenutzte Stereoanlage, ein Stapel Langspielplatten und eine über die gesamte Grundfläche der Wohnung verteilte skulpturelle Collage – ein Haufen schmutzige Wäsche, saubere Wäsche, Bücher, Zeitungen, alte Briefe, Aschenbecher, Gitarrensaiten, ganz oder zum Teil geleerte Bierflaschen und Joghurtbecher. Die einzige Ausnahme vom totalen Chaos bildeten drei unterschiedliche Gitarren, die an der Wand aufgehängt waren – sorgsam behandelt, gut gepflegt und erkennbar geachtet.

Der restliche Wandschmuck bestand aus Plakaten von diversen Auftrittsorten aus den vergangenen Jahren. Aus irgendeinem Grund warben sie allesamt für Carsten Friis, der jedes Mal im Vordergrund vor unterschiedlichen Besetzungen stand. In beinahe allen Fällen konnte man direkt hinter seiner Schulter Frank erkennen.

»Ein richtig häuslicher Mensch«, sagte Ehlers.

»Musiker«, sagte ich. »Eine Tournee-Branche. In Hotelzimmern hat er sich wahrscheinlich am meisten zu Hause gefühlt.«

»Ja, er hat einfach nicht verstanden, warum das Stubenmädchen nicht auch *hier* jeden Morgen kam. Sieh du dir mal das Schlafzimmer an«, sagte Ehlers zu Kaspersen. »Dann wühle ich mich hier durch.«

Während sie langsam und professionell ihre Arbeit aufnahmen, ging ich hinüber und schaute mir

Carstens Schallplatten an. Es waren nicht viele, aber trotzdem – oder vielleicht gerade deswegen – sprachen sie eine deutliche Sprache. Es gab einen Django Reinhardt, es gab einen Charlie Christian, es gab einen Barney Kessel. Es gab Roy Buchanan und Jerry Garcia. Es gab Jimi Hendrix, Robin Trower, Eric Clapton. Es gab Bob Dylan und Woody Guthrie und John McLaughlin. Es gab sogar Segovia – plus je zwei Exemplare von Carstens eigenen Langspielplatten. Es gab schlicht und einfach alles, was einem an Gitarristen so einfallen konnte. Klaviere, Saxophone und ähnliche nebensächliche Kleinigkeiten kamen nicht in den Genuss von Carstens Gunst.

In der Nachbarwohnung hatten sie mittlerweile genug davon, sich selbst zuzuhören. Stattdessen hörten sie jetzt Bob Marley. Die Welt entwickelt sich unaufhaltsam weiter.

»Was zum Teufel ...!«, sagte Ehlers. »Bist das nicht *du?*«

Er betrachtete eine Fotografie, die er vom Fußboden aufgehoben hatte.

Ich ging hinüber und sah ihm über die Schulter.

Tatsächlich, das war ich, das konnte ich nicht leugnen. Mit unserer alten Band. Fünfzehn Jahre jünger und bereit, die Welt zu erobern – oder zumindest ein paar hundert Menschen in Silkeborg und dazu mit etwas Glück ein paar Mädchen. Frank und ich standen links und rechts von Carsten und versuchten – ziemlich erfolglos –, den Eindruck zu erwecken, als wären wir es gewohnt – und allmählich auch ein bisschen leid –, rund um die Uhr von Fotografen belästigt zu werden.

Es war ein alter Zeitungsausschnitt. Davon gab es jede Menge.

»Sie haben allesamt mit Musik zu tun«, bemerkte Ehlers.

»Genau wie sein Leben«, sagte ich.

Kaspersen betrat das »Wohnzimmer«.

»Und?«, fragte Ehlers und kickte knarzig gegen einen Haufen Klamotten. »Was gefunden?«

»Ein paar Kondome unter der Matratze«, sagte Kaspersen. »Zwei unbenutzte Einwegspritzen in einem kleinen Schrank. Und einen Klumpen Hasch in Silberpapier – unter dem Kopfkissen.«

»Seine Schlaftablette.«

»Wirkt es tatsächlich so beruhigend?«, fragte Kaspersen neugierig.

»Ja«, sagte ich. »Bei manchen.«

Nebenan erwachte man zu neuem Leben und begleitete Bob Marley und seine Rhythmusgruppe, da man klar erkannt hatte, dass die zehn bis zwölf Mann auf seiner Platte völlig unzureichend waren. Er sang irgendetwas von einer Frau, die er nicht hatte, und dass ihm das mehr oder weniger weit am Allerwertesten vorbeiging.

Die Frauenstimmen sangen am lautesten mit.

Plötzlich wurde ich furchtbar müde. Ich lieh mir Carstens bestaussehenden Stuhl, zündete mir mechanisch noch eine Zigarette an und ließ meinen Blick über seine Plakate wandern. Sie erzählten ihre melancholische Geschichte, diese Plakate, auch sie waren ein richtiges kleines Erinnerungsalbum. Erinnerungen an Abende in Århus, in Odense, in Ringkøbing, an verschiedenen Spielorten. An Auftritte auf Festivals und Jazztagen. An Tourneen in Norwegen und Schweden und an kleine, bescheidene Soloabende mit Umsatzbeteiligung in lokalen Kneipen in Christianshavn.

Sie zeigten Carsten über zwanzig Jahre hinweg, mindestens – und im Großen und Ganzen eigentümlich unverändert. Immer genauso mager, genau dasselbe asketische Ausehen und immer mit einer Gitarre in den Händen – von der Les-Paul-Gibson aus den Fünfzigern bis hin zum allerneuesten Fender-Modell.

Hier hatte kein Mann gewohnt, sondern eine Gitarre. Eine Gitarre mit Butler und Chauffeur.

Vielleicht war ich einen Augenblick lang eingeschlafen, vielleicht hatte ich auch nur ein weiteres Déjà-vu-Erlebnis, das mich weit in die Vergangenheit zurückversetzte, in die Zeit, als Carsten, Frank und ich den größten Teil unserer Tage in solchen Wohnungen herumgesessen oder -gehangen hatten und getrunken und geraucht und über Musik geredet und Musik gemacht hatten wie in einem kollektiven Rausch, in dem einfach nur die Musik und nichts anderes mehr existierte – außer vielleicht als irritierendes Nebengeräusch am Rande unseres Daseins.

Ich kam wieder zu mir, als die Tür zugeschlagen wurde. Kaspersen war gegangen.

»Hier gibt es nichts«, sagte Ehlers. »Jedenfalls nichts, womit *wir* etwas anfangen könnten.«

»Solltest du die Wohnung nicht versiegeln?«, fragte ich. »Oder wie man das nennt?«

»Doch«, sagte er. »Das *sollte* ich. Aber wer zum Teufel kann denn so ein Stück Pappe versiegeln? Es ist ja das reinste Wunder, dass die Stereoanlage immer noch hier steht. Fünf zu eins, dass sie morgen verschwunden ist.«

»Wetten sind das reinste Glücksspiel. Und Glücksspiel ist verboten.«

Ich stand wieder auf und entdeckte einen braunen Pappkarton unter dem Tisch, an dem ich saß. Er hatte ursprünglich vierundzwanzig Packungen Kekse enthalten, gestand er schamlos in roter Schrift an einer seiner Seitenwände, aber jetzt enthielt er Tonbandkassetten. Tonbandkassetten von Carsten und all den Bands, mit denen er durch die Jahre gespielt hatte. Carstens Carsten-Archiv, mindestens vierzig Stück. Alle sorgfältig mit Ort und Datum der Aufnahme versehen.

Ich zeigte sie Ehlers. »Wäre doch schade, wenn diese hier geklaut und gelöscht würden«, sagte ich. »Können wir sie nicht mitnehmen?«

»Was willst du damit?«, fragte er.

»Sie Frank geben«, antwortete ich. Erst als ich es sagte, wurde mir klar, dass ich von vornherein daran gedacht hatte.

»Meinetwegen gerne«, sagte Ehlers. »Wenn du schon einmal der Vertrauensmann bist, kannst du genauso gut auch den Nachlassverwalter machen. Ich bezweifle, dass wir ein Testament finden werden.«

Ich steckte die Kassetten in eine Plastiktüte, die ich irgendwo in diesem Chaos aufgestöbert hatte.

Ehlers stöberte weiter. Ab und zu stieß er einen Ton aus, der an ein unzufriedenes Grunzen niederer Nagetiere erinnern konnte.

Es vergingen zehn Minuten, bis Kaspersen zurückkehrte. Sein Gesicht drückte Bedauern aus, wie das eines Verkäufers, dem ohne eigenes Verschulden ein größerer Auftrag durch die Lappen gegangen war.

»Nichts, Chef«, sagte er. »Die von nebenan waren gestern überhaupt nicht zu Hause – sie sind heute erst von einem Ferienlager zurückgekommen, und das feiern sie gerade. Und wie die feiern! Der Haschgeruch ist dicker als der Novembernebel über dem Ärmelkanal.«

»Ihr Bier«, sagte Ehlers. »Lass sie machen. Darum können wir uns im Augenblick nicht kümmern. Oben?«

»Wohnt eine ältere Dame, die 72 ist und schwerhörig und bald ins Heim kommt, worauf sie sich angeblich freut, weil das Viertel auch nicht mehr dasselbe ist wie in ihrer Jugend, mit all der Gewalt und den Drogen. Sie kennt keinen von diesen ›jungen Leuten‹, sagt sie – weder die, die hier wohnen, noch die, die hierher zu Besuch kommen. Sie findet nur, dass es immer so viele sind. Und dass sie so viel Lärm machen.«

»Und die andere Wohnung?«

»Leer. Anscheinend. Jedenfalls kein Namensschild an der Tür und keine Reaktion.«

»Hm.«

Bob Marley nahm nebenan den Faden wieder auf. Diesmal sang er, dass man aufrecht stehen und für seine Rechte kämpfen sollte. Die Gesellschaft war anscheinend vollkommen seiner Meinung, was diese Epoche machende Überlegung betraf. Es klang, als wäre die Freiheit auf Jamaika nur noch eine Frage von wenigen Stunden.

»Tja«, sagte Ehlers und ließ seinen Blick noch

einmal über Carsten Friis' Memorial-Museum wandern, »wir müssen es wohl ein anderes Mal noch etwas gründlicher durchgehen. Ich denke, wir sollten jetzt erst einmal mit diesem Flemming reden und eine ordentliche Beschreibung von diesem Roten bekommen. Verschließ die Tür so gut du kannst, Kaspersen, und dann lass uns fahren.«

Wir gingen – ich mit meiner Plastiktüte – wieder die Treppe hinunter und nach draußen. Selten haben ein paar Mund voll vergifteter und verpesteter Großstadtluft so gut geschmeckt.

»Willst du jetzt zum Bladet?«, fragte Ehlers, als wir wieder im Auto saßen.

»Ich muss wohl«, sagte ich. »Richte Frank aus – das ist ihr Leader, der Älteste, der Bassist –, dass ich später noch vorbeikomme.«

»O. k.«, sagte er. »Und jetzt wirst du hören, was du schreiben darfst und was du nicht schreiben darfst ...«

Noch ein Déjà-vu.

9

Auch diesmal gelang es uns, die Lasten gerecht zu verteilen – dank unseres außergewöhnlich aufrichtigen Kooperationswillens, wie er auch zwei politische Parteien beseelt, wenn sie zum Wohle der Allgemeinheit bei einer Flasche Portwein und einer Kiste Zigarren auf Kosten dieser Allgemeinheit eine gemeinsame Lösung finden. Wir einigten uns darauf, dass ich nichts darüber schrieb, woher der todbringende Stoff möglicherweise stammte, sondern nur, dass es ihn gab – eine Art chemischer unbefleckter Empfängnis. Ehlers wollte tunlichst vermeiden, dass der Rote untertauchte – falls er es nicht ohnehin schon getan hatte.

Pfadfinderkameradschaftlich verschworen zwinkerte ich den beiden Kriminalern zu, als ich vor dem Eingang zum Bladet ausstieg und die Glastür öffnete.

Kaum so kameradschaftlich war ich mit dem amtierenden Chefredakteur Schnoor verbunden. Nämliche biologische Ausnahmeerscheinung schäumte nahezu vor Zorn, als ich mich höflich in seinem Büro meldete.

»Wo zum Teufel sind Sie denn gewesen?«, brüllte er.

»Recherche«, antwortete ich.

»Ich habe mehrere Male versucht, Sie anzurufen«, sagte er – in einem Ton, als wollte er andeuten, dass ich die persönliche, ungeheuer kostbare Zeit seiner Hochwohlgeborenheit des Papstes höchstselbst verschwendet hätte, mitten in einer Telefonkonferenz mit dem lieben Gott.

»Na ja«, sagte ich. Mir schien es sich dabei keineswegs um eine Weltneuheit von überwältigender Dimension zu handeln. Ich habe selbst, in aller Bescheidenheit, im Laufe meines Lebens das eine oder andere Mal vergeblich irgendwo angerufen. Die meisten Bewohner dieses Landes haben wahrscheinlich irgendwann einmal diese Erfahrung machen müssen. Es ist kein einmaliges Erlebnis – und schon gar nicht etwas, womit man andere unterhalten könnte. Besonders nicht bei einer Zeitung, die sich mit *Neuigkeiten* beschäftigt.

Der amtierende Chefredakteur Schnoor liebte mich nicht wie einen Sohn oder auch nur wie einen geschätzten Mitarbeiter. Der amtierende Chefredakteur Schnoor würde mich am liebsten ganz weit weg sehen, irgendwo, wo der Pfeffer – oder zum Beispiel das Strychnin – wild wuchs. Sein kleiner, korpulenter Körper bewegte sich zuckend in konvulsivischen Krämpfen, sein Gesicht nahm mit jeder Sekunde, die verstrich, ein immer faszinierenderes nuanciertes Dunkelrot an, und seine Brille balancierte unsicher auf der Nase, während er sich langsam erhitzte – eine Sportart, die er mit Eifer betrieb, seit ich mit ihm zu tun hatte.

Was nur die drei Wochen waren, die Otzen bislang im Urlaub war – ansonsten verbrachte Schnoor seine Tage als so genannter »geschäftsführender Chefredakteur« des Bladet, was – vermute ich – in der Praxis bedeutete, dass er wie ein fleißiger kleiner Schuljunge fein säuberlich Zahlen in Kolonnen schrieb und dafür sorgte, dass die Gleichungen aufgingen, oder zumindest seinen Namen darunter schrieb, wenn andere es für den halben Stundenlohn erledigt hatten, und dass er es darüber hinaus in angemessenen Abständen auf sich nahm, mit der Geschäftsführung einen umfangreicheren Lunch einzunehmen. Coole Sache – auch diese Arbeit musste anscheinend von irgendjemandem gemacht werden.

Aber Zeitungen werden – soweit *ich* unterrichtet bin – nicht mit buchhalterischen Kenntnissen produziert, und Journalisten sind keine Bürogehilfen, die auf ihren nummerierten Plätzen sitzen und jedes Mal höflich die Schirmmütze lüpfen, wenn der Chef vorbeigeht.

Auch dann nicht, wenn einige von ihnen es selbst glauben.

»Und was haben Sie so – recherchiert?«, fragte er.

»Den Todesfall auf dem Kultorvet.«

»Also war es tatsächlich ein Todesfall?«

»Ja. Aber um mit Sicherheit davon ausgehen zu können, musste ich erst einmal Recherchen anstellen.«

»Ja«, sagte er, als ob er darin trotz allem eine bedenkenswerte sachliche Pointe finden konnte. »Ja, natürlich. Ja, also dann schreiben Sie einfach diese Geschichte.«

»Ja.«

Ich schloss die Tür nicht übertrieben sanft und sah, wie seine Schultern langsam und enttäuscht hinuntersanken. In Wirklichkeit musste er einem Leid tun. Jetzt hatte er sich – ganz gemäß seinem Temperament, das er sich ja kaum selber hatte aussuchen können, sondern das ihm nur durch Geburt mittels eines biogenetischen *sweepstakes* zugeteilt worden war, falls man den Theorien gewisser Wissenschaftler Glauben schenken durfte – darauf vorbereitet, mir mindestens zehn Minuten lang die Leviten zu lesen, und jetzt wurde er um seinen Ausbruch betrogen. Jammerschade.

Glücklicherweise war gerade ein jüngerer Sportjournalist mit einem Bericht über ein Tennismatch auf dem Weg in sein Büro. Es gibt immer eine zweite Chance, und es kommen – wie mein

Großvater oft (zumindest öfter, als meiner Großmutter lieb war) gesungen hat – immer noch ein nächstes Mädchen und eine nächste Straßenbahn. Schnoor würde *ihn* als Entschädigung bekommen.

Ich ging in mein Büro. »Mein Büro.« Das klang in meinen Ohren – immer noch – wie ein Witz, aber es war – wie die meisten Witze – nicht so weit von der Wirklichkeit entfernt. Nach vielen Jahren als Freelancer und als nach wie vor eingefleischter Gegner von geregelter Arbeit war mir trotzdem – auf Otzens Anregung – ein Büro bewilligt worden, ein *eigenes* Büro, und ich brauchte mir nicht länger Stuhl und Schreibmaschine eines Mitarbeiters zu leihen, der gerade im Urlaub war oder mit gelbem Schein und Lohnfortzahlung krankfeierte.

Es war ein kleiner, enger Raum, wahrscheinlich der kleinste in dem ganzen massigen Gebäude des Bladet, abgesehen vielleicht von der Kammer, in der das Reinigungspersonal seine Terpentin- und Spiritusflaschen aufbewahrte, aber das machte es angenehm unverbindlich. Es stand nichts anderes darin als ein leeres Regal, ein Schreibtisch mit einem Telefon, eine Schreibmaschine, ein Kassettenrekorder und ein Aschenbecher sowie ein in unmittelbarer Verbindung mit dem Tisch praktisch platzierter Stuhl.

Plus – als steuerfreie Vergünstigung – eine Aussicht, die ich liebte. Das kleine Fenster gab mir die Möglichkeit, in den Hinterhof des Bladet hinunterzuschauen, zur Druckerei, wo die riesigen Heidelberger Rotationspressen jede Nacht die Zeitungen hervordröhnten und wo die »Schwarzen« – die Drucker – eine Art unterirdischer Existenz führten, um die so genannten »Neuigkeiten« des Tages zu produzieren.

Ich rief in der Kantine an und bestellte Kaffee, den mir der Redaktionsbote brachte, und streckte mich langsam, wie in Vorbereitung auf einen Identitätswechsel, wie ein Fußballspieler, der zum Aufwärmen über die Grasnarbe dribbelt, bevor die Pfeife des Schiedsrichters erklingt. Jetzt war ich nicht mehr Franks Freund, Gittes Mann oder Ehlers' Intimus. Jetzt war ich *Journalist*, und jetzt ging es um die Zeitung von morgen.

Ich gehe davon aus, dass Superman ein ähnliches Gefühl beschleicht, wenn er in seine Identität als Clark Kent schlüpft.

Sofort kam mir eine Idee für die Schlagzeile: *Mord zum Feierabend*. Klar und wirkungsvoll. Auf der anderen Seite war noch nicht geklärt, ob es ein Mord war. Es war zu hoch überreizt. Nach gründlicher Überlegung fügte ich ein freches Fragezeichen hinzu: »Mord zum Feierabend?«

Fair genug.

Einfühlsam und wortreich schilderte ich die Umstände von Carstens »allzu frühem« Ableben. (In einer Tageszeitung wird immer »allzu früh« verstorben. Wer hat schon jemals davon gehört, dass es zu spät geschah?) Ich beschrieb ausführlich, wie es zu diesem »brutalen Schock« für die »sommerlich gut gelaunten« Kopenhagener gekommen war, die Zeugen des Geschehens wurden. Ich verweilte ein wenig bei dem Solo, das er bei meiner Ankunft gespielt hatte – eines der besten, die man jemals von ihm gehört hatte. »Nach diesem brillanten, begeisternden Solo, das sich als sein letztes erweisen sollte ...«

Es wurde eine hübsche Geschichte, aus der Perspektive der Verkaufsabteilung betrachtet. Ärgerlich, dass Otzen im »Urlaub« war. Otzen war ein Chefredakteur der alten Schule, der Einzige, der für Journalisten aus derselben zählte. Otzen hätte, wie ein Theaterdirektor einer Primadonna, die für einen Monat im Voraus für ausverkaufte Vorstellungen gesorgt hatte, seinem Augenzeugen von Mitarbeiter eine Kiste Whisky und eine Woche Sonderurlaub geschenkt. Schnoor würde nur schnauzen und andeuten, dass ein kooperativ eingestellter Angestellter ein halbe Stunde eher abgeliefert hätte.

Wirklich, *once more, Ladies and Gentlemen,* eine Story. Ich war der einzige Journalist am Ort des Geschehens – genau wie Dr. Moritzen der einzige Arzt dort war.

Wir Fachleute.

Als die verstreuten Anmerkungen zum Ende des Artikel hin an Ort und Stelle waren, nahm ich die Whiskyflasche aus der Schreibtischschublade, fischte die erstbeste Kassette aus der Plastiktüte, die ich aus der Wildersgade mitgebracht hatte, und ließ Carsten selbst seinen Nekrolog begleiten.

Ich geriet mitten in eine Aufnahme von einem jungen Carsten, der *Summertime* spielte.

Summertime
And the living is easy ...

»Die gesamte dänische Musikwelt wird sich heute betroffen fühlen«, schrieb ich mit meinen eigenen, kleinen, einfühlsamen Fingern tief in den Tasten, »wenn sie die Nachricht vom plötzlichen und unerwarteten Tod von Carsten Friis erreicht. Dieser Gitarrist war einer der wenigen Beweise dafür, dass rhythmische Musik auf ihrem höchsten künstlerischen Niveau nicht mehr nur ein amerikanisches Phänomen darstellt, sondern auf der ganzen Welt anzutreffen ist. Wenn man Carsten Friis – als Instrumentalist sowie auch als inspirierender Wegbereiter – mit einem anderen Europäer vergleichen wollte, dann müsste man seinen französischen Kollegen Django Reinhardt bemühen. Genau wie er besaß Carsten Friis einen unverwechselbar eigenen persönlichen Ton, dokumentiert bei zahllosen Gelegenheiten – ein Ton, der trotz seiner Eigenart nie davor zurückschreckte, Inspiration und Einfluss in anderen Quellen zu suchen, seien sie noch so ethnisch oder exotisch. Carsten Friis war ein Eklektiker. Er holte sich seine Ideen, wo er sie bekommen konnte, und bearbeitete sie in seiner eigenen musikalischen Sprache, oft in intimer Zusammenarbeit mit dem Bassisten Frank Larsen, mit dem ihn eine nahezu lebenslange musikalische Partnerschaft verbunden hat. Seine einzigartige technische Begabung und seine improvisatorische Tollkühnheit und Virtuosität werden in der dänischen Jazzszene – und in der rhythmischen Musik überhaupt – schmerzhaft vermisst werden.«

Ich las es noch einmal durch. Es klang vernünftig genug. Der Musik-Mitarbeiter hätte es wohl auch nicht sehr viel besser machen können – oder sehr viel anders.

Auf der Kassette spielte Carsten plötzlich den alten New-Orleans-Klassiker *Didn't he ramble,* ein Begräbnislied, das wir seinerzeit im Repertoire hatten. Ein Marsch.

Didn't he ramble –
He rambled –
He rambled all around
In and out of town –
Didn't he ramble –
He rambled –
He rambled
'Till the butcher cut him down

Es war Franks Stimme – er sang nicht gut, aber ausgesprochen überzeugend. Frank besaß eine besondere, angeborene Ehrlichkeit, die man seiner Stimme immer anhören konnte, ungeachtet aller technischen Schwächen. Ein großer Teil dessen, worum es beim Jazz geht.

Aber es war Carstens Gitarre, die das Stück trug. Die ganze Zeit unterstützte sie die Gesangsstimme – mal klagend, mal spottend, mal scherzend, grüßend oder liebkosend. Sie war mehr Gesang als der Gesang.

Aber jetzt hatte er gerambled, bis der Schlachter kam. So endet das Leben.

Ich fühlte mich wie eine Nutte, als ich den Nachruf mit Carstens Musik im Hintergrund schrieb. Nein, nicht einmal das, das war schon viel zu hoch gegriffen – Nutten verschafften zumindest irgendjemandem Freude oder Erleichterung, und sei es nur dem schlimmsten und perversesten Abschaum, und sei es auch nur für einen kurzen Augenblick. Nicht einmal das tat ich oder konnte ich. Ich konnte nur Carstens »allzu frühen« Tod für schätzungsweise ein Drittel meiner Monatsmiete verkaufen – ohne Steuern.

Auf der anderen Seite hätte Carsten einen solchen Nachruf bestimmt lieber als gar keinen. Wenn er noch am Leben wäre, hätte er jetzt applaudiert.

Ich schaltete den Kassettenrekorder aus, warf einen letzten Blick auf die Druckerei im Hinterhof hinunter, wo sich alle darauf vorbereiteten, in einer Stunde die Druckerpressen zu starten, sammelte meine Papiere ein, griff nach der Plastiktüte, ging hinaus und warf dieser Schlange von Schnoor Artikel und Nekrolog zum Fraß vor.

»Sie sind ein bisschen lang«, sagte er, nachdem er zumindest höflich genug gewesen war, so zu tun, als hätte er sie gelesen.

»Wenn sie morgen nicht erscheinen, dann kündige ich«, antwortete ich. »Und mit ›erscheinen‹ meine ich, in voller Länge.«

Überflüssig.

Selbstverständlich würden sie erscheinen. Schnoor hatte kein Interesse daran, sich mit Otzen zu überwerfen – und das wäre gegebenenfalls die Folge. Schnoor war sich im tiefsten Innern wohl bewusst, gut verpackt im Fett unter seiner Weste, dass auf jeden Otzen hundert Schnoors kamen.

Genauso wie alle Musikinteressierten wussten, dass auf jeden Carsten hundert Franks kamen.

10

Es war mindestens fünf Jahre her, dass ich zum letzten Mal zahlender Gast im Jazzcafé in der Store Regnegade gewesen war, aber selbst wenn es zehn, zwanzig oder dreißig Jahre gewesen wären – es hätte kaum einen Unterschied gemacht. Das Lokal hatte sich nicht im Geringsten verändert. Irgendwo im Kommunikationskultur-Kodex der Vereinten Nationen muss es einen erläuternden Paragraphen geben, in dem festgelegt ist, wie ein anerkennenswerter Jazzkeller auszusehen hat.

Das Jazzcafé genügte sämtlichen internationalen Ansprüchen. Es war schwarz, es war unmöglich, irgendetwas anderes zu erkennen als ein paar flackernde Augenpaare, eine Wachskerze, den nächsten Aschenbecher und die Plakate von Sidney Bechet, Charlie Parker und Sonny Rollins an den Wänden.

An der Tür stand auf einem Edding-Plakat »Carsten Friis mit Band«. Eine nachdenkliche, aufmerksame Seele hatte mit Schwarz einen Strich über Carsten Friis gezogen. ~~Carsten Friis~~ mit Band. Heute Abend spielte »mit Band«.

Auch eine Art Nachruf. *Didn't he ramble?*

Frank spielte sein Solo, als ich hereinkam. Dasselbe, das ich zuletzt am Nachmittag gehört hatte. Dasselbe Solo, das er in den letzten zwanzig Jahren gespielt hatte.

Es klang müde. Nicht besonders überraschend, aber: *The show must go on*. Und Müdigkeit ist auch eine Form des Blues. Denn mit ihr – oder *in* ihr – begann der Blues.

Habe ich gelesen.

Flemming begleitete so feurig und enthusiastisch, als hätte er diese Töne aus Percy Heaths Kindergartenzeit noch nie zuvor gehört. Er strengte sich an. Er *schwitzte* geradezu.

Ein schwedisches Mädchen fragte mich, ob ich nicht mögen die Musik von die Bengt Hallberg. Sicherheitshalber antwortete ich mit Ja. Es schien mir – in dieser Situation – die richtige und natürliche Antwort zu sein.

Ehlers und Kaspersen saßen gemeinsam an einem kleinen Tisch und sahen aus, als wären sie aufgrund eines Missverständnisses an einem vollkommen verkehrten Ort gelandet. Zu allem Überfluss – und um Schlimmes noch schlimmer zu machen – sahen sie aus, als *wüssten* sie es selbst.

»Na, Jungs«, sagte ich mit falscher Fröhlichkeit. »Habt ihr seit vorhin noch ein paar Mörder dingfest machen können?«

Die Jungs antworteten nicht sofort.

Flemming übernahm von Frank, und Tony trat in den Vordergrund und bereitete sich darauf vor, das Thema wieder aufzunehmen – was alle Bands, objektiv betrachtet, früher oder später tun, das ist so eine Angewohnheit von ihnen.

»Der Rote«, sagte Ehlers mit leisem Sarkasmus, während er mit strengem Blick seine Pfeife ausklopfte, als hätte sie ihm irgendetwas Böses getan, »ist – du wärst von alleine nie darauf gekommen – rothaarig. Was Größe, Gewicht oder Alter betrifft, war sich der Schlagzeuger nicht ganz sicher. Das

Einzige, was er sicher weiß, ist – abgesehen vom Geschlecht – seine Haarfarbe.«

»Das klingt doch ganz einfach. Ihr müsst einfach nur eine Fahndung nach einem rothaarigen Dealer mit außergewöhnlichem Umsatz und Spezialkenntnissen über vergiftetes Morphium herausgeben.«

»Mach dich nur lustig.«

»Ich mache mich nicht lustig. Ich muss auch meine Arbeit erledigen.«

»Wenn du das Arbeit nennen willst.«

Ehlers war mittlerweile *sehr* müde. Und wenn Ehlers *sehr* müde wird, wird er entsprechend aggressiv. *No blame,* wie das I Ging sagen würde.

»Das ist genauso eine Arbeit wie deine«, sagte ich. »Und die – deine Arbeit – ist genauso eine Arbeit, wie dazustehen und die Saiten eines Basses zu zupfen, und genauso eine Arbeit, wie Pilsener zu öffnen für die, die zuhören, wie der andere die Saiten von seinem Bass zupft, und genauso eine Arbeit, wie danach die leeren Flaschen einzusammeln und auf einen Lastwagen zu werfen, wenn alle fertig sind. Wo zum Teufel ist da der Unterschied?«

Er antwortete nicht.

»Und jetzt«, sagte Frank mit einer Stimme, die darauf getrimmt war, euphorisch enthusiastisch zu klingen, »jetzt möchten wir Ihnen gerne unsere einzigartige Sängerin vorstellen: Lene – La – Cour!«

Einige Zuschauer pfiffen und johlten, und Flemming schlug einen Trommelwirbel. Hier war Zug drin, wie es so schön heißt.

Von allen möglichen Songs – und es muss Millionen, ja, Myriaden abgedroschener Nummern geben – begann sie mit *St. James' Infirmary.*

I went down to St. James' infirmary
Saw my baby there, baby there …

Sie klang echt. Sie klang, als hätte sie selbst – und nicht Dr. Moritzen – Carsten ins Rigshospital eingewiesen. Es verbarg sich tatsächlich eine große Stimme in ihrem kleinen, zierlichen Körper, merkwürdig und paradox – wie konnte sie dort wohnen, mit so wenig Platz, ohne Küche und Bad? Es erinnerte mich an eine Shakespeare-Replik, wo irgendjemand nach einem Todesfall gesagt hatte, wie merkwürdig es doch sei, dass ein so alter Mann – ein gewisser König Lear – so viel Blut in sich trage.

Tony begleitete sie hervorragend, so ungern ich es zugeben mochte. Er spielte gerade genug, ergänzte sie, ohne ihren Platz zu übernehmen.

Billie Holiday und Lester Young. Bessie Smith und Louis Armstrong.

In aller Bescheidenheit natürlich. Im Jazzcafé in 1114 Kopenhagen K. gegen Mitternacht.

Let it go, let it go, God bless him
Wherever he may be …

Kaspersen begann, mit den Fingern auf dem Tisch herumzutrommeln, riss sich aber wieder zusammen, als er sich dessen bewusst wurde. Arbeit ist Arbeit. Und Rhythmik ist kein Fach auf der Polizeischule.

Ja, Gott segne ihn, wo immer er auch gerade sein

mochte. Gott segne Carsten Friis, geboren unter starken Schmerzen von seiner einzigen Mutter, gelitten unter Giro 413 und Teddy Petersen, wohnhaft in Christianshavn und sein ganzes Leben lang der Gitarre verfallen, bis der Schlachter kam und ihn zu Gottes eigener Gibson hinaufsandte.

Ich sehnte mich nach Gitte.

Ich konnte sehen, wie Ehlers sich nach *seiner* Gitte sehnte.

Wenig überraschend. Jeder Mensch ist nur ein halber Mensch – ein *möglicher* Mensch.

Bis die andere Hälfte dazukommt. *Until the real thing comes along*, wie eine von meinen und Franks Lieblingsnummern hieß.

Als ob eine Form von verbaler, transzendentaler Gedankenübertragung stattfand, begann Tony langsam und schleppend, eine Ballade anzuspielen. Lene war nach vier Takten bereits dabei, gleich von Anfang an, als ob sie nur darauf gewartet hätte – *The man I love:*

Someday he'll come along
The man I love
And he'll be big and strong
The man I love …

Sie sang das Lied, als wäre es das Lied aller Frauen, von fünf bis fünfundachtzig, *die* Frau über *das* Leben als hoffnungsloses Hoffen, und stellte damit St. *James'* in einen Rahmen – um nicht zu sagen, dass sie es in ein Renaissance-Relief einbettete. Sie sang, und man verstand, dass alle Frauen – selbst die eigene Mutter, Frau oder Schwester – auf etwas warten, das sie niemals finden werden, das sie aber jeden Morgen wieder herbeisehnen – um sich in der Zwischenzeit mit dem zu begnügen, was der Markt realistischerweise hergibt: Männer.

Uns.

Ehlers, Kaspersen, mich und ähnliche Bagatellen.

Es ist nicht *unser* Fehler, dass es keine besseren gibt.

»Ich habe einen Mann im Gaslight postiert«, informierte mich Ehlers. »Falls der Rote sich zeigen sollte. Und ich habe eine interne Fahndung nach ihm herausgegeben.«

»Was heißt das?«

»Das heißt, dass alle Mitarbeiter der Polizeistation jeden Rothaarigen in der Umgebung des Halmtorvet aufmerksam beobachten werden – ungeachtet seiner Größe, seines Gewichts und seines Alters.«

»Und weiter?«

»Nichts weiter – oder vielleicht noch dies oder das, irgendetwas, was weiß ich? Das ist das Einzige, was ich tun kann.«

Es war ein gutes Arrangement von *Man I Love*. Es fehlte nur eine Gitarre.

He'll build a little home
That's meant for two
From which I'd never roam
Or what would you?

Während sie sang, klang Tony, als hätte er den Plan gefasst, ihr dieses Heim, von dem sie sang, zu bauen. Und wenn er es auch nicht buchstäblich aus Ziegelstein und Mörtel mauern konnte, durfte er es zumindest mit einem Saxophon andeuten.

Er vermisste die Gitarre nicht. *No, Sir.*

»Ja«, sagte ich verständnisvoll. »Schon klar. Du tust, was du kannst.«

Nicht dass ich damit etwas Böses sage wollte, aber vielleicht kam es so an.

»Ja, nicht wahr?«, antwortete Ehlers tödlich trocken. »Hast du schon einmal darüber nachgedacht, wie sinnlos mein Job eigentlich ist? Ein Mann ist tot, o. k., tot ist tot. Aus und vorbei. Und jetzt soll der nette kleine Polizeiinspektor Ehlers auftragsgemäß und wie bestellt – möglichst sofort und ohne allzu viele Probleme und ohne allzu sehr auf nach Stunden bezahlte und urlaubsgeldberechtigte Kräfte zurückzugreifen und ohne den Spesenetat allzu sehr zu belasten – herausfinden, warum und wie er gestorben ist.«

»Du hast es selber gewählt«, sagte ich.

Genau das sagte auch Gitte immer zu mir, wenn ich mich beklagte. Man ist nie zu alt, um noch etwas zu lernen. Erst recht nicht, um zu lernen, dass es am besten ist, an der niedrigsten Stelle über den Zaun zu springen.

Es hatte dieselbe Wirkung, wie wenn sie es sagte.

»*Gewählt?*«, sagte Ehlers. »*Gewählt?* Wer hat schon die Wahl, wenn er nicht eine Freiheits-Garantie in Höhe von einer halben oder einer ganzen Million – mit besten Grüßen vom Opa – in der Hintertasche stecken hat?«

»Dir fehlt einfach nur deine Frau, alter Knabe«, sagte ich.

Irgendetwas musste ich ja sagen. So steht es im

Manuskript, bei Shakespeare und auch bei Gershwin. Eine der grundlegenden Voraussetzungen eines Gesprächs besteht darin, dass es die ganze Zeit jemanden gibt, der etwas sagt. Egal, was, einfach dies oder jenes.

»Hm«, sagte er.

Eines Tages wird jemand – bestimmt eine viel versiertere, besser qualifizierte Kraft als ich – ein Wörterbuch der Ehlerschen Sprache verfassen. Zu jener Zeit wird enthüllt werden, dass »hm« bei ihm in etwa das bedeutet, was andere mit den Worten »Damit hast du verdammt Recht« ausdrücken.

And so all else above
I'm dreaming of the man I love …

Schloss Lene.

Beifall. Lachen. Flaschenklirren.

Pause vor dem dritten Teil.

Ich war müde. Ich war nicht nur müde, ich war müder, als ich jemals zuvor gewesen war. Ich war müde genug für eine Platzierung im Guinness-Buch der Rekorde. Ich hätte auf der Stelle zehn Jahre lang schlafen können – vorausgesetzt, dass mich der Verkehr und die Musik nicht unnötig belästigten.

Ich zählte an meinen inneren Fingern ab, wie das Universum beschaffen war. Es herrschte Krieg im Iran, aber Gitte war mit dem Kind in Århus, o. k., abgehakt. Carsten war tot, und es war beruhigend, ihn in fachmännischen Händen zu wissen, o. k., abgehakt, und *ich* saß einfach hier herum.

Ich saß einfach immer irgendwo herum. Ich saß zu viel, genau das war das Problem.

Als ich noch zehn Minuten länger gesessen und eine Runde geschmissen hatte, die nicht im Geringsten zum Wohl der Welt beitrug, außer dass ich dabei meine Stimmbänder trainierte, kam Frank zu unserem Tisch herüber. Ich gab ihm die Tüte mit Carstens Kassetten. Er nickte nur verständnisvoll, nahm sie entgegen – und verschwand wieder, ohne ein Wort zu sagen.

Das war sehr klug von ihm, in der Tat. Es hat noch nie irgendjemandem geholfen, irgendetwas zu sagen, jedenfalls nicht außerhalb des *folketings*. Man sollte einfach nur seinen Bass spielen und ansonsten den Mund halten. Das hat schon einen gewissen Sinn.

Wenn es denn überhaupt irgendwo irgendeinen Sinn gab. Eine Frage, die man stundenlang unter verschiedensten Voraussetzungen und speziellen Gesichtspunkten diskutieren konnte, und tun Sie das ruhig, *by all means,* aber *ich* bin leider genau an dem betreffenden Abend verhindert – und an allen anderen, falls Sie noch ein paar mehr planen sollten.

Ehlers und Kaspersen fuhren mich nach Hause. Die gute Tat des Tages. Wenn man schon nicht herausfinden kann, warum ein Musiker gestorben ist, kann man zumindest einen seiner alten Kollegen spät in der Nacht in eine Karosse verfrachten und durch die Stadt karren.

Zweiter Teil

11

Mit einem Schlag fand ich mich fünfzehn Jahre zurückversetzt im galoppierenden Lauf des Jahrhunderts, mein Alter allerdings – wie in diesen Träumen, in denen man in die Schule seiner Kindheit zurückkehrt – blieb das gleiche. Ich war wieder Musiker geworden. Ich stand auf irgendeiner Bühne und spielte, inmitten eines Wirrwarrs aus Kabeln, zusammen mit Carsten und Frank, als wir plötzlich mit einem Maschinengewehr beschossen wurden. Als Erster fiel Carsten, dann begann Frank, hin und her zu schwanken, und schließlich …

Schließlich drehte ich mich auf meiner Matratze, und mir wurde klar, dass das Maschinengewehr ein Telefon war. Mein eigenes sogar. Pfiffiges kleines Kerlchen, so ein Telefon. Echt nicht schlecht, wenn man eins zur Hand hat – gerade bei Albträumen.

Auf der anderen Seite allerdings auch immer bewundernswert kompetent und fix, wenn es darum geht, Albträume zu verbreiten und zu übermitteln, wenn man es mal objektiv betrachtet.

»Guten Morgen«, sagte Ehlers' unverwechselbare Stimme.

»Guten Morgen«, antwortete ich ebenso höflich.

»Obwohl«, fuhr Ehlers fort, »es eine der deftigeren Lügen darstellt, ausgerechnet heute ›guten Morgen‹ zu sagen. Dreimal darfst du raten, was passiert ist.«

»Wenn du es so ausdrückst, befällt mich unwillkürlich so eine Ahnung. Noch ein Mord?«

»Ein Punkt.«

»Noch mehr vergiftetes Morphium?«

»Null Punkte. Ein Messer.«

»Wer?«

»Harry Hammer.«

»Nie von ihm gehört.«

»Vielleicht – in gewissen Kreisen – besser bekannt als der Rote.«

So etwas kann selbst einen ziemlich ausgeprägten Morgenmuffel schlagartig aufwecken.

»In einem Hinterhof gefunden«, sagte Ehlers. »Von Müllmännern – Entschuldigung, Entsorgungsassistenten. Lag hinter zwei Mülltonnen – im Hinterhof direkt neben dem Café Gaslight.«

»Sieh an, sieh an.«

»Genau das habe ich getan. Es war nicht die Mühe wert.«

»Als Film ist es in der Regel besser.«

»Ich muss gerade noch ein paar Nachforschungen anstellen. Kannst du in einer oder anderthalb Stunden hier sein?«

»Klar, wie spät ist es?«

»Elf.«

»*Yes, sir.*«

Anschließend saß ich mindestens fünf Minuten lang mit dem Telefonhörer in der Hand da und lauschte dem gleichmäßigen und ausdauernden

Tuten, bis ich mir einigermaßen sicher war, dass ich mich in der wirklichen Welt befand.

Ein Bad trug seinen Teil dazu bei, eine Rasur den ihren. Langsam und widerwillig kleidete ich mich an, Schicht für Schicht, während ich innerlich all diese Kleidungsstücke verfluchte, die offenbar unlösbar mit der Vorstellung von einem so genannten zivilisierten Menschen verbunden sind.

Der Cro-Magnon-Mann trug keinen Schlips. Da haben Sie zweitausend Jahre Weltgeschichte – zusammengefasst. Der Rest ist immer noch dieselbe Sauerei, nur leicht modernisiert.

Ein Blick aus dem Fenster enthüllte, dass die Sonne sich heute einen freien Tag zu nehmen gedachte oder vielleicht auch nur Überstunden abbummelte. Kleine graue Wolken kündigten einen baldigen kleinen Sommerregen an.

Ich sammelte drei neu eingetroffene Briefe vom Dielenboden auf und verließ die Wohnung. Mit der Post und den frisch gekauften Zeitungen unter dem Arm ging ich die wenigen, gewohnten Meter zum Café Freden im Gasværksvej hinunter, wo der Inhaber, Ronnie, entgegen aller Wahrscheinlichkeit dafür sorgte, dass Ruhe und Ordnung herrschten. Das Café Freden glänzt vornehmlich durch sein Angebot an Kaffee, hellem Bier, Frühstück und Smørrebrød – wobei man als Stammgast durchaus auch einen Magenbitter bekommen kann, was in diesem Viertel als wesentlicher Bestandteil einer respektablen Morgenmahlzeit angesehen wird.

Ronnies Laden war zur Hälfte gefüllt. Der Löwenanteil der Gäste schien aus Zechern der vergangenen Nacht zu bestehen, die bereits in vollem Gang waren, ihre Kater zu verjagen und ins Tierheim zu verbannen.

Ich nickte Ronnie zu und setzte mich an meinen gewohnten Fenstertisch.

Ich hatte gerade die Frage: »Mord zum Feierabend?«, in nicht besonders bescheidenen Lettern auf der Titelseite des Bladet entdeckt, als Ronnie auch schon mit dem Kaffee kam.

»Hast du schon gehört?«, fragte er. Er sprach mit einem solchen Eifer, dass seine unvermeidliche Filterzigarette in der Luft wippte. Ein seltener Anblick.

»Nein, was?«, fragte ich zurück.

»Heute Nacht haben sie unten auf dem Halmtorvet eine Leiche gefunden«, antwortete Ronnie. »Einen Typen, den sie den Roten genannt haben. Er ist erstochen worden, und man hat ihn einfach hinter ein paar Mülltonnen in einem Hinterhof geworfen.«

»Immerhin hat er nicht *in* einer der Mülltonnen gelegen.«

»Mit diesem Viertel geht es immer weiter bergab.«

»Das hast du auch letztes Jahr schon gesagt.«

»Ich war einfach nur vorausschauend.«

»Das bin ich auch. Ich prophezeie dir, dass es noch viel schlimmer kommen wird.«

»Warum denn das?«

»So ist einfach der Lauf der Dinge. Immer mehr Gewalt und Terrorismus und all diese Sachen. Lies doch selber mal die Zeitung.«

»Tja … nur gut, dass man heute nicht mehr jung

sein muss. Man selbst hat ja noch sein Teil abbekommen. Einen Magenbitter?«

»Ja, danke.«

»Lies doch selber mal die Zeitung« – da hatte ich gut Reden.

Aber ich *tat* es auch.

Heute wie auch alle anderen Tage war sie voll von den Ekel erregensten Schweinereien. In Israel, im Iran und im Irak hatte man großzügig mit Bomben um sich geschmissen, in Südafrika hatte man farbige Demonstranten reihenweise niedergemäht, und eine einfallsreich positionierte Höllenmaschine in einem Flugzeug auf dem Weg von Kalkutta nach Helsinki hatte 325 Menschen aller Hautfarben in den Tod gerissen – alles in allem ein guter Tag für Pfaffen und Blumenhändler. Und trotzdem bestand die meistbeachtete Begebenheit in den dänischen Zeitungen darin, dass Ihre Majestät die Königin sich gestern bei der Einweihung eines Jachthafens in Vedbæk in einem ganz neuen, zu ebendiesem Anlass erworbenen Hut gezeigt hatte (zwei Bilder) – sowie in der Nachricht, dass der dänische Staatsminister während einer Veranstaltung von einem Terroristen angegriffen worden war, der mindestens ein Ei nach ihm geworfen hatte. Das Bild von seinem gebügelten, nadelgestreiften Anzugkragen mit den Eierresten erschien direkt gegenüber der Seite mit den Kinderleichen in den ausgebombten Mauerresten von Beirut.

In dieser Welt wundert man sich überhaupt nicht, wenn Menschen geisteskrank werden. Das Merkwürdige besteht eher darin, dass einige eine gewisse Vernunft zu bewahren scheinen.

Wahrscheinlich bluffen sie nur dreist.

Kleine, feine Regentropfen begannen, an Ronnies Fenstern herabzukullern. Der eine oder andere konnte sich lautstark darüber ärgern, so energisch, wie sich nur ein eingeborener Kopenhagener über eine unabänderliche Tatsache ärgern kann, die ohnehin ohne Belang ist. Ich zündete mir eine Zigarette an und öffnete die Post.

Zunächst war da ein Brief der Telefongesellschaft, die mich gerne – in besonders unliebenswürdigen Wendungen – dazu auffordern wollte, eine Rechnung zu bezahlen. Ich steckte ihn in die Jackentasche. Die musste ich wirklich mal bezahlen. Wo wäre ich denn ohne mein kleines, tüchtiges Telefon, das alle meine Albträume unterbrach, um mich ganz uneigennützig in die Albträume aller möglichen anderen Menschen mit hineinzuziehen.

Da war ein kurzer Gruß von Gitte aus Århus. Nur eine Zeile.

Nur ein Reminder: Hast Du einen Namen gefunden? Liebe Grüße.

Sie sprach von unserem Kind, das nach dem Gesetz innerhalb von drei Monaten einen Namen bekommen musste. Einen Namen, der immer noch nicht gefunden war. Es gibt nichts Beschwerlicheres, als einen passenden, wohlklingenden Namen zu finden.

Und da war noch ein anonymer Brief – jedenfalls ein Brief ohne Absender auf dem Umschlag. Inwendig war er indessen nicht anonym. Dort stand mit blauem Kugelschreiber auf einem abgerissenen Stück Notenpapier geschrieben:

Ich muss mit dir reden. Ruf mich an oder komm, sobald du kannst. 01-58 47 71, Wildersgade 23. Carsten Friis.

So lakonisch wie ein Telegramm, aber Carsten war noch nie ein Mann der Feder gewesen, mal abgesehen von den erforderlichen Quittungen für seine Engagements. Fünfzehn Jahre lang hatte ich nicht einmal eine Postkarte von ihm bekommen. Und jetzt dieser Brief, den er höchstwahrscheinlich an seinem Todestag abgeschickt hatte.

Das stimmte mich nachdenklich, wie man so schön sagt. Was *wollte* er bloß? Was wollte er ausgerechnet von *mir?*

Ich verstaute meine Post, bekam ein bisschen Kaffee nachgeschenkt und sah – allmählich nicht mehr ganz so gähnend – in den leichten Nieselregen hinaus. Die meisten Passanten hatten – wie immer während der ersten fünf Minuten eines leichten Regenschauers – unter den Markisen aller möglichen Geschäfte Zuflucht gesucht, aber einige wenige waren Manns genug, ein paar Wassertropfen auf ihrem Weg zu trotzen.

Einer von ihnen kam mir bekannt vor. Eine Lederjacke.

Ich schaute genauer hin. Jedenfalls sah er Täto-Tom sehr ähnlich.

Und er hatte gestern Abend ein Messer gehabt – und den Roten jedenfalls *irgendwie* gekannt.

Sollte ich vielleicht …

Nein, ich sollte nicht. Polizeiarbeit bleibt Polizeiarbeit.

Schnell wie ein Tiger – wenn dieses Raubtier nun tatsächlich die Gewohnheit haben sollte zu telefonieren – griff ich nach Ronnies Hörer, wählte die Nummer der Polizeistation am Halmtorvet und erzählte Kaspersen – Ehlers war abwesend –, welche edle lokale Persönlichkeit ich soeben auf dem Weg hinunter zum Gasværksvej beobachtet hatte.

Kaspersen legte sofort den Hörer auf, was sofortiges Handeln signalisierte, was wiederum ein sofortiges Verhör bedeutete – falls sie ihn erwischen sollten.

Der Regen hatte ein wenig nachgelassen, als ich Ronnie erneut zunickte und mich auf den gewohnten fünfminütigen Weg zum Stjernecafé machte, um noch bei Bob vorbeizuschauen, bevor die Mühen meines Tagwerkes ernsthaft begannen.

»Hast du schon gehört?«, fragte Bob, als er meine Erfrischung abknapste.

»Ja«, sagte ich. »Wenn es um die Leiche geht, die unten am Halmtorvet ein Messer abbekommen hat, dann *habe* ich es schon gehört.«

»Kanntest du ihn?«

»Nein, du etwa?«

»Ich glaube schon, dass ich weiß, wer er ist. Er ist ein- oder zweimal hier gewesen – *wenn* er es ist, *so* selten sind Rothaarige nun auch wieder nicht ... Übrigens, die beiden da hinten haben ihn gefunden.«

Er deutete auf zwei Männer in Overalls, außergewöhnlich verdreckten Overalls, die für sich an einem der kleinen Tische saßen und aussahen, als hätten sie schon lange so dagesessen.

Bob ist ein tüchtiges Kerlchen, mindestens genauso tüchtig wie ein Telefon. Er weiß, dass ich Journalist bin. Ein kleiner diskreter Tipp kann niemals schaden. Auch nicht dem Umsatz.

Also ging ich, wie er es geplant hatte, zu ihrem Tisch hinüber, stellte mich vor und fragte höflich, ob ich ihnen eine Runde ausgeben und ein paar Fragen stellen dürfte – in ebendieser Reihenfolge.

12

Das durfte ich gerne – beides.

Die Müllmänner hatten nicht das Geringste gegen ein kleines Pläuschchen einzuwenden. Bereitwillig erzählten sie ihre Geschichte, wie sie sie bestimmt auch schon der Polizei erzählt hatten und Bob und wem auch immer sie mittlerweile begegnet waren oder im Laufe der kommenden Woche begegnen würden.

Besonders der eine – ein kleiner Mann mit einem spitzen Fuchsgesicht, der aussah, als mische er sich gerne in die Angelegenheiten anderer Leute ein – war sehr beflissen. Sein Kollege, eine große, breitschultrige Gestalt, beschränkte sich darauf, zwischendurch zustimmend zu brummen und das eine oder andere Mal zu betonen, dass es »schon ein verdammt armer Kerl« war, was seiner christlichen Nächstenliebe alle Ehre machte.

Nicht dass sie so furchtbar viel zu erzählen gehabt hätten. Sie seien so gegen sechs Uhr in den Hinterhof gekommen, genauso wie es ihr Arbeitsplan vorsehe. Sie hätten sich zu den zwei Mülltonnen begeben, jeder habe eine von ihnen herausgezogen, und dann hätten sie also gesehen, was da lag.

»Zuerst haben wir geglaubt, es wäre nur ein Säufer«, sagte Fuchsgesicht. »Man findet sie manchmal morgens schlafend in den Hinterhöfen, nicht wahr, Børge?«

Børge nickte schwermütig. »Sie haben wohl sonst keinen Ort, wo sie hingehen können«, fügte er zur Erklärung hinzu.

»Aber dann haben wir also das Messer gesehen«, fuhr Fuchsgesicht fort. »Und das Blut. Und dann habe ich zu Børge gesagt: ›Wir sollten lieber die Polizei anrufen.‹ Und das haben wir dann getan.«

Er sah aus, als wäre er unheimlich stolz auf diese intelligente und konstruktive Maßnahme.

»Dann bekamen wir also gesagt, dass wir so lange dableiben sollten, bis sie kommen«, sagte er beinahe lachend. »Und danach sollten wir dann zum Verhör und irgendwelche Dokumente unterschreiben, und dann haben die Bullen bei unserer Firma angerufen, und wir haben für den Rest des Tages freibekommen – bei vollem Lohn.«

Er sah außerordentlich zufrieden aus.

»Aber das war schon ein verdammt armer Kerl«, sagte Børge, damit ich ja nicht die Pointe verpassen würde.

»Du bist einfach zu weich, Børge«, sagte Fuchsgesicht. »Hab ich dir noch nie erzählt, wie ich einmal diesen Fötus ganz oben in einer Tonne gefunden habe, die ich leeren wollte?«

»Doch«, sagte Børge. »Der war schon verdammt arm dran.«

Ich verabschiedete mich herzlich von dem Gespann, das morgen im Bladet als »die beiden erschütterten Entsorgungs-Assistenten, die den unheimlichen Fund machten« firmieren würde. Als ich ging, sahen sie immer noch so aus, als hätten sie sich vorgenommen, auch für den Rest des Tages dort sitzen zu bleiben und ihre Geschichte zu wiederholen.

Der Regen hatte zugenommen. Ehlers saß in seinem Büro am Halmtorvet und sah müde und streitlustig aus.

»Ich bin im Stjernecafé den beiden Entsorgungsassistenten begegnet«, sagte ich. »Ich glaube, die haben heute einen richtig schönen Tag.«

»Des einen Tod …«, murmelte Ehlers.

Er machte sich nicht die Mühe, den Satz zu beenden. Es gab auch keinen drängenden Grund dafür.

»Guck mal, was ich heute Morgen bekommen habe«, sagte ich. Ich reichte ihm Carstens Brief.

»Ist das seine Schrift?«, fragte Ehlers, nachdem er ihn schnell durchgelesen hatte.

»Keine Ahnung«, antwortete ich. »Er hat mir vorher noch nie geschrieben, und ich kann mich nicht einmal mehr daran erinnern, wie seine Unterschrift ausgesehen hat.«

»Einen Augenblick«, sagte Ehlers und ging hinaus.

Ein paar Minuten später kehrte er mit einer versiegelten Plastiktüte zurück, die jenen zum Verwechseln ähnlich war, die man in den zollfreien Boutiquen an Flughäfen ausgehändigt bekam und die auf gar keinen Fall und in keiner Sprache geöffnet werden durften, bevor man sich nicht in internationalen Gelüften befand.

Die Tüte enthielt eine abgenutzte Brieftasche, eine zerknüllte Packung Kings, ein Einwegfeuerzeug, einen Kugelschreiber und ein Stück Papier. Mitsamt einer kleinen, steril verpackten Einwegspritze aus der Apotheke.

»Carstens Hosentaschen?«, fragte ich.

Ehlers nickte.

»Eine zusätzliche Spritze, aber kein Stoff?«

Ehlers nickte erneut.

»Vielleicht hat er damit gerechnet, noch irgendwo auf etwas zu stoßen. Ich wollte eigentlich fragen, ob *du* hiermit etwas anfangen kannst?«, fragte er und schob das Stück Papier zu mir herüber. »Fass es ruhig an. Es ist bereits auf Fingerabdrücke untersucht.«

Es war wieder ein Stück Notenpapier, aber der Text wirkte auf den ersten Blick genauso verwirrend wie ein Geheimcode oder Chiffren:

Klt:
Bl B
St. J
C s
SSoS
T s
MIL
NiT

»Der reinste Spionageroman, was?«, fragte Ehlers und zuckte mit den Schultern. »Aber er trug es bei sich, als er starb. Er hatte nicht besonders viel dabei. Und er hat es wohl nicht nur aus Spaß bei sich getragen?«

»Sssscccchhhh!«, sagte ich, mit dem klassischen Finger vor den Lippen.

Irgendetwas in meinem Hirn begann, sich zu rühren. Als ob man sich ein Kryptogramm ansieht, eine Anzahl Buchstaben bekommt und sie zusammensetzen muss. Aufgaben von der Art: Welche Großstadt versteckt sich hinter Henpganoke? Einige sehen es sofort, andere müssen erst in eine kleinere Trance fallen, bevor sie einsehen, dass es schlicht und einfach die Buchstaben von Kopenhagen sind.

Ein paar von Carstens Codezeilen erinnerten mich an etwas, das Licht vor meinen Augen flimmerte – und ganz plötzlich war es da.

»Nein«, sagte ich. »Das war nicht nur aus Spaß. Es war sein Programm. Er hatte es sich bestimmt zur Gewohnheit gemacht, das Programm im Vorhinein aufzuschreiben – das tat er übrigens auch damals schon. Er hat es sich der Einfachheit halber nur verkürzt aufgeschrieben.«

»Du meint, du kannst das entziffern?«

»Genauso leicht, wie du einen Polizeibericht lesen kannst. Guck mal, es fängt an mit ›Klt:‹. Ich glaube, das soll Kultorvet bedeuten, und dahinter steht ein Doppelpunkt. Es ist also etwas, was auf dem Kultorvet passieren soll.«

»Klingt so weit vernünftig.«

»›Bl B‹: Blues in B? Mit so einem haben sie bestimmt angefangen, ein fester Programmbestandteil, den sie gewohnt sind und bei dem sich alle Musiker präsentieren können.

›St. J‹: *St. James' Infirmary*, natürlich. Dabei betritt die Sängerin die Bühne. ›C s‹: Das *könnte* Carstens Solonummer sein – zu der Zeit bin ich ungefähr gekommen. Anschließend wollten sie ›SSoS‹ – ich würde raten, On the *sunny side of the street* – spielen, aber die Sängerin war zu aufgewühlt zum Singen, und dann haben sie stattdessen ›T s‹ genommen – Tonys Solonummer. Danach haben sie sich so durchgewurschtelt, weil schließlich Gitarre und Gesang abhanden gekommen waren, aber ich möchte wetten, dass ›MIL‹ für *Man I love* steht – den haben wir gestern Abend gehört, wie du dich vielleicht erinnerst –, und ›NiT‹ könnte *Night in Tunisia* sein, das sie an jenem Nachmittag auch gespielt haben. Ich wette, Frank kann bestätigen, dass dies das geplante Programm war.«

»Da soll mich doch der Teufel holen!«, sagte Ehlers und erhob sich halb aus seinem Stuhl. Er sah aus, als hätte er – zumindest für einen kurzen, flüchtigen Augenblick – neuen Respekt vor meinen Geistesgaben gewonnen.

»Sehr unschuldig«, sagte ich und gab ihm den Zettel zurück. »Stichworte für ein schlechtes Gedächtnis, sonst nichts.«

Ehlers nahm ihn an sich und verglich ihn sorgfältig mit meinem Brief.

»Dasselbe Papier«, sagte er.

»Es gibt nicht *so viele* verschiedene Sorten von Notenpapier«, sagte ich.

»Derselbe Kugelschreiber.«

»Allgemein verbreitet.«

»Ich glaube auch, dass es dieselbe Schrift ist. Ich werde es untersuchen lassen.«

»Wenn du denkst, dass es eine besondere Bedeutung hat.«

»Das weiß man nie.«

Vollkommen richtig.

Es entstand eine kurze Pause. Ehlers schob entschlossen die Papiere zur Seite.

»Eine andere Sache«, sagte er. »Weißt du irgendetwas über seine Familie?«

»Nein«, sagte ich. »*Mir* hat er jedenfalls nie etwas von ihr erzählt. Frank vielleicht ...«

»Ich habe ihn gestern gefragt. Er sagt, dass *Frau* Friis unlängst gestorben sei, aber es gebe noch einen Vater, der als Zahnarzt in Odense arbeite. Ich habe dort in der Nacht noch angerufen und erfahren, dass er nach Kopenhagen gereist ist – *gestern*.«

»Putziges Zusammentreffen.«

»Die Sekretärin sagte, dass er gar nicht so selten fahre. Wir haben die Hotels abtelefoniert, ihn aber nirgendwo gefunden.«

»Er könnte privat übernachtet haben.«

»Natürlich. Er wird sich schon melden, wenn er das Bladet sieht.«

»*Falls* er das Bladet sieht.«

»Sonst wird es schon irgendein anderer für ihn erledigen.«

»›Das Bladet ist überall!‹«, zitierte ich aus unserer letzten Werbekampagne. »›Das Bladet lässt dich nicht los!‹ Wie läuft es mit Harry Hammer?«

»Er ist identifiziert worden«, sagte Ehlers schwerfällig. »Ekelhafter Job. Seine alte Mutter brach schluchzend zusammen und sagte immer wieder nur, dass er das Einzige war, was sie hatte. Sie ist jetzt mit ein paar Pflegern zu Hause. Er musste von einem Kioskbesitzer vom Enghave Plads identifiziert werden, für den er eine Zeit lang gearbeitet hatte.«

»Trug er etwas bei sich?«

»Nur einen Beutel mit seinem Führerschein und Kleingeld. Keinen Stoff – nicht einmal eine Packung Zigaretten.«

»Ist er denn wirklich der Rote?«

»So hat man ihn schon immer genannt, sagen sowohl seine Mutter als auch der Kioskbesitzer – der uns übrigens ganz im Vertrauen erzählt hat, dass er ein mieser Typ war und dass er ihn gefeuert hat, weil er sich sowohl in der Kasse als auch im Warenlager bedient hat. Aber ob er *der* Rote ist, bei dem Flemming Jacobsen eingekauft hat …«

»Ist doch ganz simpel. Flemming soll ihn sich einfach angucken.«

»Glaubst du etwa, auf die Idee wäre ich nicht gekommen? Aber Flemming Jacobsen ist verschwunden.«

»*Verschwunden?*«

»So sieht es jedenfalls aus. Er wohnt zu Hause bei seinen Eltern draußen im Grünen, aber heute Nacht ist er nicht nach Hause gekommen – obwohl die Mutter es nur sehr ungern zugegeben hat. ›Er ist da doch wohl nicht in etwas hineingeraten?‹ Ich habe natürlich gesagt, dass er nur rein formell als Zeuge gehört werden müsste. Da draußen sind sie ja alle so dünnhäutig. Bloß nicht noch einen tränenreichen Zusammenbruch heute!«

»Wahrscheinlich ist er nur mit einer Frau nach Hause gegangen oder schläft seinen Rausch bei irgendeinem Freund aus. Frag Frank, ob sie heute einen Auftritt haben; wenn ja, dann wird er sicher dort auftauchen.«

»Das hoffe ich. Wir würden gern einmal einen Schritt weiterkommen.«

Da gab ich ihm vollkommen Recht. Wir saßen beide da und meditierten über diese einleuchtende Wahrheit, als Ehlers' Telefon klingelte.

»Ja«, sagte er. »Schickt ihn sofort zu mir herauf.«

»Dr. med. dent. Valdemar Friis«, sagte Ehlers zu mir. »Was habe ich gesagt? Bleib ruhig sitzen. Das ist doch ganz passend. Schließlich warst du ein Augenzeuge der letzten Minuten im Leben seines Sohnes.«

13

Seltsames Gefühl, wenn man einen Mann – einen Freund, einen Kollegen – so viele Jahre lang gekannt hatte und dann erst unmittelbar nach seinem Tod den Vater kennen lernt.

Oder vielleicht auch gar nicht so seltsam. Vielleicht ja auch ganz normal und wie alles mögliche andere im Leben schon tausendmal vorher passiert.

Sie sahen sich gar nicht ähnlich. Obwohl sie beide dünn und rothaarig waren und auch der Vater einen Ziegenbart trug, der allerdings mit größerer Aufmerksamkeit und Präzision gestutzt war als Carstens.

Aber die unterschiedlichen Ausstrahlungen hätten von zwei verschiedenen Planeten stammen können.

Er war ziemlich elegant in einen grauen Nadelstreifenanzug und einen schwarzen Schlips gekleidet, aber es mag noch so empörend, ungerecht und diskriminierend klingen: Für Rothaarige ist es sehr schwierig, elegant auszusehen, schwieriger als für alle anderen. Egal, wie sehr sie sich aufmotzen, man kann sich nie des unwillkürlichen Drangs erwehren, ihnen auf die Schulter zu klopfen und zu sagen: »Hallo, Roter.«

Mir fiel auf, dass ziemlich viele Rothaarige in diese Sache verwickelt waren. Bis jetzt zwei tote und ein lebendiger.

Wenn man das letztgenannte Adjektiv auf jemanden wie Dr. med. dent. Friis anwenden wollte.

Er ging direkt auf Ehlers' Schreibtisch zu, reichte ihm höflich die Hand und stellte sich mit vollständigem Namen und Titel vor.

»Ich habe heute die Zeitungen gesehen«, sagte er. »Ich bin davon ausgegangen, dass Sie mich zu sprechen wünschen.«

»Danke, dass Sie gekommen sind«, sagte Ehlers. »Setzen Sie sich doch.«

Dr. med. dent. Friis setzte sich auf einen Stuhl, der nicht ein Haar besser war als meiner, aber er sah – im Gegensatz zu mir – so aus, als wäre er besser daran gewöhnt.

»Seltsamer Zufall, dass Sie ausgerechnet dann

in der Stadt waren, als – als es passierte«, sagte Ehlers im Plauderton.

»Eigentlich nicht«, sagte der Zahnarzt gelassen und zog ein Zigarettenetui hervor. (Ich hätte darauf geschworen, dass er ein Mann mit einem Zigarettenetui war. Ich freute mich, als hätte ich beim Zocken gewonnen.) »Ich komme regelmäßig nach Kopenhagen. In der Regel einmal die Woche.«

»Geschäftlich?«

»Nein. Meine Praxis befindet sich in Odense.«

»Können Ihre Patienten so oft auf Sie verzichten?«

Ehlers klang höflich interessiert.

»Ich bin der Seniorpartner in einer Klinik mit vier Zahnärzten. In einem gewissen Ausmaß kann ich meinen Arbeitsaufwand selbst bestimmen. Aber darum dreht es sich hier wohl nicht?«

»Man weiß nie, worum sich die Dinge drehen, wenn man bei der Polizei arbeitet. Gestern Abend haben wir versucht, Sie ausfindig zu machen.«

»Ich habe privat übernachtet.«

»Wo?«

»Bei einer Freundin.«

Die beiden Herren sahen sich einen Augenblick lang direkt in die Augen. Dann wechselte Ehlers das Thema.

»Haben Sie Ihren Sohn besucht, als Sie in die Stadt kamen?«

»Nein, dazu hatte ich diesmal aber auch keine Gelegenheit. Soweit ich informiert bin, spielte er gerade auf einem Konzert, als ich in der Stadt eintraf.«

»Wussten Sie das?«

»Nur aus der Zeitung. Ich habe mich nicht besonders dafür interessiert, was Carsten so machte. Er war ein erwachsener Mann – jedenfalls auf dem Papier.«

»Was wollen Sie damit sagen?«

»Ich denke dabei an das Leben, das er führte.«

»Sie haben sich nicht besonders gut verstanden?«

»Wir haben uns ganz und gar nicht verstanden, um es unverblümt zu sagen. Mein Sohn und ich haben – äh – kaum miteinander gesprochen. Man könnte vielleicht sagen, wir haben jeder in unserer eigenen Welt gelebt.«

»Haben Sie andere Kinder?«

Zögerte der Zahnarzt für einen Augenblick, bevor er antwortete?

»Nein.«

»Sind Sie Witwer?«

»Meine Frau ist verstorben.«

»Sie sind also Witwer.«

»Wenn sie nach der klassischen Definition im Wörterbuch gehen, haben Sie damit sicher Recht«, sagte Friis mit einem kleinen, unerwarteten Aufblitzen trockenen Humors, während er sich sorgfältig eine Zigarette aus seinem Etui anzündete. »Ich kann einfach nur mit dem Wort nichts anfangen, Herr Polizeiinspektor. ›Ein Witwer‹ klingt nach einem hinfälligen, alten Wrack, das schon mit einem Bein im Grab steht und keine Zukunft mehr vor sich hat. Und da ich mich nicht so fühle, würde ich die Formulierung vorziehen, dass ich im Augenblick allein stehend bin.«

»Wissen Sie vielleicht irgendetwas, das uns weiterhelfen könnte?«

»Ehrlich gesagt befürchte ich, dass ich Ihnen da nicht weiterhelfen kann. Wie ich Ihnen bereits dargelegt habe, wusste ich über das Leben meines Sohnes praktisch nichts. Er hat mich ein- oder zweimal im Jahr in Odense besucht, in der Regel nur für kurze Zeit, auf dem Weg von Kopenhagen nach Århus oder umgekehrt, ich habe *ihn* schon seit vielen Jahren nicht mehr besucht.«

»Warum nicht?«

»Ich glaube, keiner von uns beiden hätte das als passend empfunden. Wir lebten in so grundverschiedenen Milieus.«

Er sagte es ohne irgendein Anzeichen von Verbitterung oder Bedauern, schon gar nicht mit einem von Verachtung. Er sah eher so aus, als würde er eine unbestreitbare, mit Röntgenbildern untermauerte Tatsache präsentieren, etwa eine Wurzelinfektion im Unterkiefer. Er war jedenfalls nicht der Typ, der einen »tränenreichen Zusammenbruch« erleiden würde.

»Aber wenn Sie keine weiteren Fragen mehr an mich haben«, sagte Friis, als wollte er gerne weiter, »dürfte ich dann vielleicht ein paar Fragen stellen? Ich möchte gerne wissen, wann die Leiche freigegeben wird, wie bald eine Beerdigung ausgerichtet werden kann und ähnliche praktische Angelegenheiten.«

Er aschte ab, ohne überflüssig viel Fingerkraft auf dieses Projekt zu verschwenden.

Ich zwinkerte Ehlers zu und ging diskret zur Tür, um einen geeigneten Ort aufzusuchen, an dem ich die Reststoffe entsorgen konnte, die nach dem Gespräch mit den Müllmännern in meinem inneren Schlammsauger gelandet waren.

Dort, wo sich Gentlemen offen begegnen konnten, traf ich auf Kaspersen, der mit demselben weit verbreiteten Ritual beschäftigt war.

»Habt ihr Täto-Tom erwischt?«, fragte ich.

»Uff, ja«, sagte Kaspersen mit einem Grinsen. »Kellermann sitzt mit ihm etwas weiter unten im Flur. Er hat keine besonders gute Laune, unser Tom. Man braucht mindestens einen Kellermann, um ihn ruhig zu halten.«

»Was sagt er?«

»Er sagt überhaupt nichts. Ich fürchte, ich habe mich ziemlich dumm angestellt, als es darum ging, ihn zum Reden zu bringen. Ich fragte ihn nach Harry Hammer aus, und er wollte nicht antworten. Um ihn ein bisschen ins Schwitzen zu bringen, schlug ich also vor, ihn einer Leibesvisitation zu unterziehen. Er hatte beinahe zehn Gramm Morphium bei sich, in kleinen Plastiktüten über die Taschen seiner Lederjacke verteilt. Danach hat er nur noch die Lippen zu einem Strich aufeinander gepresst und alle zwei Minuten die Fäuste geballt, als ob er jemanden vermisste, den er zusammenschlagen könnte. Das macht er immer noch.«

»Und jetzt?«

»Jetzt muss der Chef ran. Was macht er gerade?«

»Unterhält sich mit Carsten Friis' Vater.«

»O. k., wir warten noch ein bisschen. Das wird Tom auch ganz gut tun, wenn er sich bis dahin ein paar Gedanken machen kann. Bei Kellermann sind

Typen seines Schlages in ziemlich guter Gesellschaft«

Kellermann ist ein anderer von Ehlers' Lieblings-Mitarbeitern. Alt genug, um noch ein altmodischer Streifenpolizist gewesen zu sein, aber so gewitzt, als wäre er erst gestern in den Staatsdienst gekommen – obwohl niemand aufgrund seiner äußeren Erscheinung daran glauben würde, dass dahinter irgendetwas steckte, das sich der Gedankentätigkeit eines niederen Säugetiers auch nur annähern könnte. Groß, schwer und scheinbar träge, mit tranigem Blick und einem runden, nichts sagenden, fleischigen Kopf ähnelte Kellermann am ehesten noch einem Schlachter, der in Pension gegangen war. Niemand würde auf die Idee kommen, dass er irgendetwas aufdecken könnte, und genau das hat sich oft als seine Stärke erwiesen. Am Halmtorvet erzählte man sich viele Kellermann-Anekdoten.

»Dann seid ihr wohl gerade dabei, das Morphium zu analysieren, das Tom bei sich hatte?«, fragte ich, während ich mir die Hände wusch, wie es uns unsere Mütter einstmals gelehrt hatten.

»Wie hast du das bloß erraten? Wir sind ein bisschen neugierig auf die Zusammensetzung.«

»Neugierde ist eine hässliche Angewohnheit.«

»Nach dem Gesetz sind wir verpflichtet, sie zu entwickeln.«

»Ja, genau wie die französischen Gänsemäster in Straßburg die Lebern ihrer Tiere unnatürlich groß aufpumpen.«

»Was willst du denn damit sagen?«

»Nichts. Nur so dahergeredet.«

Wir traten wieder auf den Flur hinaus. Drüben in Ehlers' Tür stand Dr. med. dent. Valdemar Friis und nickte zum anscheinend würdevollen Abschied.

»Also abgemacht«, sagte er.

Wir sahen ihn – in einer ausgeprägt lässigen Gangart – im Treppenhaus verschwinden. Von hinten gesehen, glich er einem Geschäftsmann, der soeben den Mindestumsatz für den Tag plus Extrabonus erreicht hatte und nunmehr einem vollkommen verdienten, exklusiven Lunch in seinem Lieblingsrestaurant entgegensah.

»Was war jetzt die Abmachung?«, fragte ich – voller hässlicher Neugierde. Ich hatte mich schon viel zu lange in der Gesellschaft *dieser* Gänse aufgehalten.

»Er ist kalt wie – wie eine Schlange«, sagte Ehlers. Er sah aus, als könnte er nur mit Mühe einen veritablen Wutausbruch zurückhalten.

»Schlangen sind gar nicht kalt«, sagte ich. »Sie sind auch nicht schleimig. Jeder, der sie schon einmal berührt hat, weiß das. Das ist nur etwas, was die Leute sich einbilden.«

»Dann ist er eben *kälter* als eine Schlange«, sagte Ehlers. »Die Abmachung bestand nur darin, dass wir, wenn ›alle Prozeduren im Zusammenhang mit diesem Todesfall‹ abgeschlossen sind, seinem Anwalt Bescheid geben sollen, der anschließend ›alles Weitere, was nötig ist, veranlassen wird‹. Seine eigenen Worte!«

»Effektiv«, sagte Kaspersen.

»Ja«, antwortete Ehlers. »Sehr. Da gibt es keine besonders engen Familienbande.«

Das klang nach Ehlers. Ein Mann wie er musste

es so sagen: Vater von zwei Kindern, an die er rund um die Uhr dachte – ein Mann, der unmöglich verstehen konnte, dass nicht alle Väter vom gleichen Fließband gelaufen sind.

»Heutzutage findet man nicht mehr allzu viele Familien, wo es noch enge Bande gibt«, sagte ich.

Ich sprach aus Erfahrung. Schließlich sieht man Familien ja hin und wieder – mal hier, mal da – in dieser Stadt.

»Es gibt ein paar, in denen man es zumindest versucht«, sagte Ehlers verträumt. »Na, was ist jetzt mit Tom?«

Kaspersen lieferte seinen Bericht ab. Ehlers pfiff.

Mitten in der Ouvertüre betrat ein Mann mit einem Stück Papier die Bühne, sodass nie geklärt wurde, welche Melodie Ehlers eigentlich pfeifen wollte.

Er las es eilig durch und reichte es weiter an Kaspersen.

»Große Neuigkeiten?«, fragte ich beleidigt. »Vertraulich, intern, Geheimdienst?«

»Nur die Untersuchungsergebnisse zu Toms Stoff«, sagte Ehlers. »Alles andere als rein, aber nicht giftig – jedenfalls nicht giftiger als ohnehin schon. Nur verdünnt, um ein bisschen mehr herauszuholen. Ziemlich solide Ware – soweit man in dieser Branche etwas solide nennen kann. Wir behalten ihn noch ein Weilchen hier.«

Kaspersen nickte und ging.

Auch ich erhob mich, um zu gehen.

»Und was hast du vor?«, fragte Ehlers.

»Die schreckliche Geschichte von Harry Hammer zu schreiben«, sagte ich.

»Natürlich ohne irgendeine Verbindung zu Carsten Friis herzustellen.«

»*Natürlich?*«

»Ja. Noch nicht. Es kann sich immer noch herausstellen, dass es nur ein Zufall ist. Wir wissen zu wenig.«

»O. k ... Und danach werde ich Frank aufsuchen und das eine oder andere mit ihm bekakeln.«

»Versucht, ob ihr Flemming ausfindig machen könnt.«

»*Yes, sir.* Auffindung verschwundener Trommler, unsere Spezialität. Sehen wir uns heute Abend zum Essen?«

»Wenn nichts dazwischenkommt. Wir telefonieren noch, oder?«

Noch einmal verabschiedeten wir uns wie zwei Blutsbrüder.

14

Der Regen hatte sich verzogen, nachdem er die Luft ohne erkennbaren Einsatz chemischer Hilfsmittel gereinigt hatte, und ich begab mich auf meine tägliche stählende Marschroute zum Bladet-Building. Unterwegs wurde ich noch nicht einmal mit einem Messer bedroht. Ein einsamer Austin unternahm einen ehrenwerten Versuch, mich auf dem Rådhusplads zu überfahren, aber ich war zu schnell für ihn. So sind wir alten Sportsfreunde.

Beim Bladet herrschte Nachmittagsruhe. Und

nicht nur das: Es herrschte Sauregurkenzeitruhe. Denn jetzt, und genau in diesem Monat, war der richtige Zeitpunkt gekommen, um die jährlichen Artikel über das Neueste vom Ungeheuer von Loch Ness und den abscheulichen Schneemenschen aus Tibet zu schreiben, Seite an Seite mit den guten Haushaltstipps zur Vermeidung von Sonnenbränden.

»Schnoor möchte mit dir reden«, sagte der Redaktionsassistent mit einem Augenzwinkern, mit dem er zum einen zeigte, dass er wusste, wie sehr ich mit dem amtierenden Chefredakteur Schnoor sympathisierte, und zum anderen, dass er dabei persönlich mit mir vollkommen einer Meinung war.

Gehorsam wie ein Rikscha-Kuli der niedrigsten Kaste klopfte ich an Schnoors Tür. Er saß mit dem Bladet vor der Nase da und musterte sorgfältig die Titelseite. »Mord zum Feierabend?«

»Guten Tag«, sagte er. »Tolle Geschichte, die wir daraus gemacht haben, nicht wahr?«

Wir?, dachte ich.

Ich begnügte mich damit, es zu denken, für mehr hatte ich keine Zeit. Ich nickte zustimmend.

»Gibt es etwas Neues in dieser Sache?«, fragte Schnoor.

»Noch nicht«, sagte ich. »Später vielleicht. Für die Zwischenzeit habe ich einen anderen – ganz neuen und frischen – Mord auf Lager.«

Schnoor sperrte die Augen auf.

»Wo bekommen Sie die nur immer her?«

»Ich kann nichts dafür«, antwortete ich. »Mit dieser Behinderung bin ich auf die Welt gekommen. Ich gehe die Straße hinunter und stolpere über einen. Dafür bin ich in der Branche bekannt – überall, wo ich hinkomme, geschieht mindestens ein Mord. Die Polizei hat sich schon überlegt, einen Mann auf mich anzusetzen – nur für alle Fälle. Sie warten noch darauf, dass die Mittel vom Justizministerium bewilligt werden.«

»Wer ist es diesmal?«

»Ein junger Mann – wir können ihn ruhig halb kriminell nennen –, der heute Nacht in einem Hinterhof erstochen wurde, gar nicht so weit von meiner Wohnung. Ich habe bereits mit denen gesprochen, die die Leiche gefunden haben.«

»Sie verlieren ja wirklich keine Zeit.«

Dagegen erhob ich – obwohl ich es besser wusste – keinen Einspruch, obwohl er sich damit Welten von seinen gestrigen Ansichten entfernt hatte. Von mir aus sollte er das gerne glauben. *Sehr* gerne.

»Aber das ist längst nicht so eine Sensation wie gestern«, sagte Schnoor bedauernd.

Chefredakteure – auch wenn sie nur amtieren – sind nie zufrieden zu stellen. Das gehört zu ihren Grundprinzipien.

»Nein«, sagte ich. »Das leuchtet mir durchaus ein. Ich bin darüber auch nicht glücklich. Eigentlich war ich ja auf der Suche nach einem ermordeten Filmstar der Extraklasse oder zur Not auch einem prominenten Politiker, aber die waren nicht aufzutreiben. Also musste ich mit ihm vorlieb nehmen.«

»Können wir es als Bandenkrieg aufmachen?«

»Wenn wir beweisen können, dass er Mitglied einer Bande war.«

»Können wir das?«

»Im Augenblick jedenfalls noch nicht. Vielleicht wenn die Polizei ein bisschen weitergekommen ist. Bis dahin können wir nur mit Andeutungen arbeiten.«

»Versuchen Sie, so viel wie möglich herauszufinden.«

Er beugte sich erneut anerkennend über die Zeitung, als hätte er sie höchstpersönlich mit links und in seiner Freizeit geschrieben, fotografiert, gesetzt, gedruckt und verpackt. Die Audienz war beendet.

Ich setzte mich in mein eigenes Büro und begann mit der Arbeit. »Zwei städtische Entsorgungsassistenten stießen heute Morgen in einem Hinterhof am Halmtorvet auf einen unheimlichen Fund ... Schockiert alarmierten sie die Polizei ... ›So etwas Schlimmes habe ich noch nie erlebt, seit ich damals einen Fötus im Mülleimer gefunden hatte‹, meinte einer der Finder ... Der 25-jährige Harry Hammer wurde von einem ehemaligen Arbeitgeber identifiziert ... Seine völlig gebrochene Mutter von Trauer gezeichnet, ›ihr Ein und Alles‹ ... Der Verstorbene war ein bekanntes Gesicht in den Straßen von Vesterbro, unter Freunden im Viertel war er als ›Der Rote‹ bekannt ... Die Polizei arbeitet mit Hochdruck an dem Fall und ist für jeden Hinweis dankbar, der Licht in die Umstände bringen würde, die zu Harry Hammers brutalem und viel zu frühem Tod geführt haben ...«

Das war das. Im Großen und Ganzen hätte die Schreibmaschine das auch alleine erledigen können.

Im Hinterhof war es ruhig. Die Druckerpressen

standen da – schwarz, glänzend, selbstgefällig und etwas höhnisch – und sahen aus, als genössen sie ihre Siesta.

Ich rief Gitte in Århus an. Sie war da. Ihre Stimme drang aus dem glänzenden schwarzen Hörer wie eine magisch bimmelnde Silberglocke, eine musikalische Stimme aus einer anderen – und viel besseren – Welt.

»Hallo, mein Schatz. Wie geht's?«

»Gut. Wir kommen morgen nach Hause – oder eher noch übermorgen. Papa erzählte irgendetwas von einem größeren Abschiedsessen morgen Abend. Er ist so glücklich, dass wir gekommen sind. Ich kann das alles erzählen, weil er gerade im Büro ist.«

»Er ist glücklich?«

»Was glaubst denn du, Liebling? Für ihn bin ich sein kleines Mädchen, und er hatte mich seit einem Jahr nicht mehr gesehen.«

Was hatte ich Ehlers noch gesagt? Familienverhältnisse sind auch nicht mehr das, was sie einmal waren – falls sie das überhaupt schon irgendwann einmal gewesen sind, was ich persönlich – mit gewisser Berechtigung – bezweifle. Letztes Jahr im September waren Ehlers und ich zum Beispiel in einen Fall verwickelt, wo eine Mutter ihrem Liebhaber dabei behilflich war, ihre eigene Tochter umzubringen. Wegen Geld. Zugegebenermaßen eine stattliche Summe. Keine Peanuts.

»Du sagst ja gar nichts!«

Gitte klang gespielt vorwurfsvoll.

»Entschuldigung«, sagte ich. »Ich habe nachgedacht. Über diesen verdammten Fall …«

»Ist er hart?«

»Nicht schlimmer als sonst, nehme ich an.«

»Du wirst langsam zu alt für solche Sachen.«

»Also, hör mal! Was zum Teufel ...«

»Ich wusste, das würde dich munter machen.«

»Hexe!«

»Hexenmeister!«

»Wenn ich nur einer wäre! Das Leben wäre leichter.«

»Vermisst du mich?«

»Wie verrückt. Ehlers und ich haben in unserer Verzweiflung einen Strohwitwerclub gegründet. Heute Abend werden wir ausgehen und zusammen speisen – und uns ganz im Vertrauen über unsere Frauen austauschen.«

»So etwas tun Männer nicht.«

»Glaubst du nicht?«

»Nein – obwohl ich den Gedanken eigentlich ganz süß finde. Aber wo wir gerade darüber reden ...«

»Worüber?«

»Männer und Frauen ... Also, mein Vater findet, dass wir heiraten sollten. Er sagt, dass eine Hochzeit offenbar die einzige Gelegenheit ist, bei der er dich irgendwann einmal zu Gesicht bekommen kann. Er hat das Gefühl, dass du ihm aus dem Weg gehst.«

»Damit hat er ja nicht ganz Unrecht.«

»Warum das?«

»Ach, ich weiß gar nicht so genau. Aber ich bin schließlich in *dich* verliebt – und nicht in deine Familie.«

»Das kannst du doch gar nicht wissen – du hast

sie doch noch nie gesehen«, antwortete sie mit unnachgiebiger Juristen-Logik. »Gestern sagte mein Vater, es wäre in seiner Jugendzeit noch vollkommen undenkbar gewesen, dass eine Tochter von einem Mann, mit dem sie zusammenlebt, ein Kind bekommt, ohne ihn jemals ihren Eltern vorgestellt zu haben.«

»Die Zeiten ändern sich. Heutzutage sollte er sich lieber darüber wundern, dass seine Tochter überhaupt so konventionell ist, dass sie nicht nur einen Mann hat, sondern darüber hinaus auch noch weiß, dass er der Vater ist.«

»Hör auf, um den heißen Brei herumzureden, du alter Ziegenbock.«

»Ich rede nicht um den heißen Brei herum, mein Rehlein. Ich möchte dich sehr gerne heiraten, obwohl ich deinen kranken Männergeschmack abstoßend und schockierend finde.«

»Aber warum willst du meinen Vater nicht sehen?«

»Wie es Carsten Friis' Vater vor einer Stunde im Hinblick auf seinen Sohn so schön ausgedrückt hat: ›Wir haben jeder in unserer eigenen Welt gelebt‹.«

»Das tut ihr aber nicht.«

»Wer, *ihr*?«

»Du und Papa natürlich.«

»Er ist Anwalt beim Obersten Gericht und besitzt ein Lustschloss, zwei Autos, drei Sekretärinnen und Gott weiß wie viele Aufsehen erregende Aufsichtsratsmandate mit anvertrauten Aktien und offiziellen Obligationen, sodass der Geldschrank langsam zu platzen droht. Ich bin nur ein freiberuflicher Tagelöhner im zwanzigsten Jahr, mit einer Adresse in der Istedgade, Kopenhagen Vesterbro, und einer zweifelhaften Vergangenheit.«

»Du unterschätzt Papa. Er ist kein Snob.«

»Das habe ich auch nicht behauptet. Ich wollte nur darauf hinweisen, dass wir aus zwei vollkommen verschiedenen Ecken kommen.«

»Papa ist jedenfalls mehr an dir interessiert als du an ihm. Er ist *offener*. Weißt du, was Mama gestern erzählt hat? Das fand ich so rührend ...«

»Nein, woher sollte ich das denn wissen?«

»Also, sie erzählte davon, wie ich damals zu Hause angerufen und erzählt habe, dass ich schwanger bin und von wem das Kind ist – kannst du dich daran erinnern? –, und ich hatte dich ja vorher noch nie erwähnt ...

Also ...«

»Also, was?«

»Also erkundigten sie sich natürlich erst einmal, wer du bist, und ich erzählte ihnen, was du beruflich machst. Noch am selben Tag ging mein Vater los und bestellte ein Abonnement für das Bladet – das noch nie zuvor in diesem Haus gelesen worden war ...«

Das konnte ich mir lebhaft vorstellen.

»Und jetzt liest er es jeden Vormittag, ausschließlich um zu verfolgen, was du in deinen Artikeln schreibst. Und er tut es gründlich. Er weiß mit Sicherheit besser darüber Bescheid, was du in den vergangenen anderthalb Jahren getan hast, als du selbst.«

Auch das klang nicht unwahrscheinlich. Die Konkurrenz war ja nicht überwältigend.

»Findest du das nicht süß?«

»Doch«, antwortete ich. »Das klingt nach einem guten Vater.«

»Und das wirst du auch sein«, sagte sie. »Hoffe ich jedenfalls. Hast du schon einen Namen gefunden?«

»Nein – das kann man nicht gerade behaupten. Aber auf der anderen Seite stoße ich auf immer mehr Namen, die er bestimmt *nicht* bekommen wird. Harry zum Beispiel. Oder Tom. Oder Tony.«

»Das sind aber auch ein paar blöde Namen.«

»Offensichtlich waren da viele Eltern nicht derselben Meinung wie du.«

»Öh … Das müssen sie selber wissen. Ich hoffe nur, dass du diese Sache erledigt hast, wenn wir nach Hause kommen.«

»Das hoffe ich auch. Wir brauchen wirklich mal Urlaub.«

»Wenn *ich* welchen nehmen kann.«

»Das wirst du. Und dann machen wir uns aus dem Staub, alle drei, und heiraten an irgendeinem absurden Ort in Nordafrika oder Südamerika.«

»Nein danke, lieber in Dänemark.«

»Ein bisschen einfallslos für meinen Geschmack, aber o. k. Ich werde versuchen, alle freilaufenden Mörder in dieser Stadt einzufangen, bevor ihr wiederkommt. Bleibt ihr heute Abend zu Hause im Lustschloss?«

»Ja. Der Abend ist für ›Familie‹ reserviert. So steht es jedenfalls in Papas Terminkalender! ›Familie‹ ab 18 Uhr! Ich habe dir ja gesagt, dass er sehr gründlich ist!«

»Gut. Ich rufe dich an. Küsschen, Schatz.«

»Küsschen.«

Als ich den Telefonhörer aufgelegt hatte, leicht erstaunt darüber, was ein Stück Plastik so alles ausrichten kann, sah ich ihr Gesicht durch den rastlos kreisenden Staub des Büros schweben. Ihre Stimme bewohnte immer noch diesen Raum und – mit einem einzigartigen Echo-Effekt – meinen Hinterkopf.

Ich fühlte mich zwanzig Jahre jünger und imstande – ganz nach dem Wunsch des Publikums –, entweder den Mount Everest mithilfe einer Zahnbürste zu besteigen, die Probleme in Beirut im Alleingang und nur mit einer Wasserpistole bewaffnet zu lösen oder – um eine *wirkliche* Herausforderung zu suchen – das dänische Steuersystem so zu reformieren, dass es für alle gerecht ist.

Sie hatte schon immer diese Wirkung auf mich.

15

Die Zeit des Nachdenkens war gekommen. Nicht gerade eine verlockende Perspektive, aber so, wie die Dinge lagen, blieb mir unangenehmerweise keine andere Wahl.

Wer könnte ein ehrliches, spontanes Verlangen verspürt haben, Carsten Friis zu ermorden? Und *warum?*

Ich musste darüber nachdenken, was Ehlers einmal über die Summe seiner kriminalistischen Erfahrungen gesagt hatte, die er über einige (vermutlich zu viele) Jahre am Halmtorvet und an anderen Orten gesammelt hatte. Dass es letztendlich – bis auf ganz wenige Ausnahmen – nur zwei grundlegende, solide Motive für einen Mord gab: Sex oder Cash. Die Hälfte aller Fälle, mit denen er zu tun hatte, war auf Eifersucht oder erotische Rachegelüste zurückzuführen, die andere Hälfte auf die ständige sture Gier der Leute, sich entweder die Taschen oder den Geldschrank mit kaltem, klingendem Kies zu füllen.

Eine vernünftige Theorie. Aber es sah nicht so aus, als könnte man sie in diesem Fall zur Anwendung bringen. Carsten hatte wohl kaum ein größeres Vermögen besessen, jedenfalls nicht, wenn man von seiner Wohnstatt ausging. Es *könnte* natürlich eine größere Summe auf einem Sperrkonto in der Schweiz existieren, aber wo sollte er die schon herbekommen haben?

Musiker werden selten gut bezahlt. Das war zumindest eine Sache, die ich aus Erfahrung wusste. Selbst freie Journalisten verdienen im Durchschnitt mehr.

Sex? Eine kleine, flotte, traditionelle Dreiecksgeschichte? Kaum zu glauben. Wenn Tony tatsächlich den Handschuh für Lene in den Ring geworfen hatte, gäbe es kaum einen einleuchtenden Grund, Carsten zu ermorden. Ein halb impotenter, zehn Jahre älterer Drogensüchtiger wäre wohl, so wie die Frauen nun einmal sind, nicht allzu schwer aus dem Rennen zu werfen. In der Tat war es ja offenbar schon so gekommen, bevor Carsten starb.

Selbstmord? Nein, nein, und nochmals nein.

Die Trennung von einem Mädchen hätte Carsten schon ausgehalten. Die Trennung von seiner Gitarre – und die würde ein Selbstmord ja unwiderruflich mit sich führen, es sei denn, er wäre ein Anhänger der Reinkarnationslehre, was bei einer nüchternen Betrachtung der Angelegenheit schon sehr weit hergeholt schien – wäre für ihn schlichtweg unmöglich.

Also: Es ergab keinen Sinn. Egal, von welcher Seite man es betrachtete, es ergab keinen Sinn.

Noch einmal von vorne. Neue Möglichkeit. Könnte man sich vorstellen, dass Carsten Mitglied eines Drogenhändlerrings war – dass er die Regeln gebrochen hatte und liquidiert worden war?

Auch das war kein vernünftiger Ansatz. Carsten war ein Kunde – und allem Anschein nach ein treuer, regelmäßiger Kunde. Verkäufer ermorden nur sehr ungern ihre Kunden. Das ist nicht gut für das Geschäft.

Beim roten Harry Hammer konnte es sich dagegen sehr wohl um eine kontrollierte Abrechnung unter Gangstern handeln. Harry Hammer hatte irgendeinen fatalen Fehler begangen, der ihn nach Einschätzung von höherer Stelle für die höchste Strafe qualifizierte. So viel *dazu*. Sein Fehler *könnte* Carsten Friis gewesen sein – aber genauso gut irgendein anderer oder eine ganze Menge anderer. Es gab unzählige Möglichkeiten, falls Harry ein hauptberuflicher Händler war. Jede Woche sterben in Dänemark zwei Drogenabhängige. Nicht alle Todesfälle werden gründlich untersucht.

Auch das brachte mich nicht weiter.

Und nichts davon konnte erklären, warum Carsten mir an seinem Todestag, noch einen Brief geschrieben hatte.

Vielleicht wollte er mich nur bitten, ihm dabei zu helfen, ein neues Harmonieschema für *Night in Tunisia* zu schreiben – aber das klang wenig wahrscheinlich. Ungefähr genauso wahrscheinlich wie ein Anruf von Gittes Vater, um mich wegen einer möglichen juristischen Fehldeutung eines Urteils des Obersten Gerichtshofs in Bezug auf eine Immobilien-Angelegenheit um Rat zu fragen.

Das Ganze war eine einzige Sackgasse. Ich seufzte und sah der Tatsache ins Auge, dass ich ein erbärmlicher Einfaltspinsel war. Eine in vielerlei Hinsicht unangenehme Feststellung, aber man sollte derartigen Wahrheiten mutig ins Auge sehen, ohne sich irgendwelchen Illusionen hinzugeben.

Ich griff also nach dem Telefonbuch und suchte Franks Adresse heraus. Er wohnte in einer der schmalen Seitenstraßen der Valby Langgade.

Ich seufzte ein weiteres Mal, um sicherzugehen, dass es das *ganze* Büro vom Fußboden bis unter die Decke mitbekommen hatte, schnappte mir mein Manuskript, warf es zu Schnoor hinein und glitt durch die rund um die Uhr arbeitenden Schwingtüren des Bladet in die Stadt hinaus. Die Luft wirkte immer noch genauso sauber, aber ich bin kein Chemiker. Es gibt doch noch einige Dinge, für die man dankbar sein kann.

In der kleinen, mit Leder ausgeschlagenen Weinstube neben dem Bladet herrschte reger Nachmittagsbetrieb. Die Geschäftsleute und diversen Führungskräfte, die sich um den Rådhusplads tummelten, genehmigten sich ihren Nachmittagsdrink, während ihren Sekretärinnen und Büroangestellten gleichzeitig allergnädigst eine Viertelstunde für eine Tasse Pulverkaffee im Plastikbecher bewilligt wurde.

Carsten war das Thema des Tages an der Theke.

»Also wenn ihr mich fragt«, sagte ein übergewichtiger, rotbackiger, apoplektisch aussehender Herr, während er auf das ausliegende Exemplar des Bladet deutete, »also wenn ihr mich fragt, dann ist das die beste Methode, diese Leute loszuwerden.«

»Aber das ist doch so eine Art Krankheit«, sagte sein Gesprächspartner beschwichtigend. Der Gesprächspartner war lang und dünn, und sein äußerst gedämpfter Tonfall ließ mehr als erahnen, dass hier der Apoplektische der Chef war.

»Krankheit?«, schnaubte dieser. »Faule Ausrede! Das sind doch nur Schnorrer. Arbeitsscheue Strolche, die sich auf Kosten der Gesellschaft durchschmarotzen und nichts anderes zu tun haben, als sich mit diesen Substanzen voll zu pumpen. Bedienung, noch mal zwei!«

Die bekamen sie.

Auch ich bekam meinen.

Die Diskussion wurde fortgesetzt.

»Man muss doch versuchen, ihnen zu helfen«, sagte der Dünne entmutigt.

»Ihnen *helfen*!«, antwortete der Boss. »Ihnen *helfen*! Das ist diese moderne Sozialkitsch-Mentalität. Man läuft die ganze Zeit nur herum und *hilft* allen möglichen Menschen! Sie sind ja alle *so* arm dran, und sie haben niemandem etwas getan, sie hatten ja *so* eine schwere Kindheit, ihr Vater hat sie geschlagen, und ihre Mutter war eine Nutte, und darum muss ihnen von morgens bis abends geholfen werden, eideidei, ihr kleinen Schnuckelduckel, für *unser* Geld! Hat *uns* vielleicht jemand geholfen? Na? Antworte schon!«

»Nein, aber …«

»Kein Aber, Charlie, lass es dir gesagt sein. *Wir* haben verdammt noch mal in die Hände gespuckt und etwas geleistet. Wir haben etwas *getan*. *Die* Arschlöcher hängen nur herum und tun gar nichts. He, Bedienung, hab ich nicht Recht?«

»Da wird wohl etwas dran sein, mein Herr«, antwortete der Barkeeper diplomatisch und wandte ihnen den Rücken zu.

Vielleicht hatte *er* einen drogenabhängigen Sohn. Wie Valdemar Friis.

Ich wartete nicht auf die Fortsetzung des kleinen Hörspiels, das die Herren aufführten. Ich wusste nur allzu gut, dass überall im Land, überall, wo das Bladet auf Bartheken, Restauranttischen, in Friseursalons oder auf Kiosktresen ausgelegt war, mehr oder weniger dieselbe Diskussion – mit geringfügigen Abweichungen – geführt wurde.

Ich ergatterte ein Taxi und trat die Reise nach Valby an, im beginnenden Feierabendverkehr eines neuen Tages. Durch den chaotischen Touristenrummel die Vesterbrogade hinunter, am Hauptbahnhof vorbei, der – wie eine altertümliche aztekische oder hinduistische Gottheit – lebendige Wesen aus einem gewaltigen Maul zu speien schien, und weiter in ein grünes, frühlingsverrücktes Frederiksberg hinein, mit seinen lustigen kleinen Gärten mit Heringshappen, Schnaps und Ziehharmonikas, am Schloss Frederiksberg entlang den Hügel hinauf und weiter durch den Zoologischen Garten, wo lange Reihen von wohlerzogenen Kindergartenkindern Schlange standen, um die letzten lebenden Elefanten, Tiger und Giraffen dieser Welt zu bestaunen.

Es würde nicht mehr lange dauern, bis ich mit einem Jungen an der Hand selbst dort stünde. Das hätte ich nie für möglich gehalten.

Es gibt so vieles, was man nie für möglich gehalten hatte – bis es irgendwann einfach da war.

Der Fahrer steuerte durch eine Seitenstraße zur Valby Langgade hinunter, und ich schaute einfach weiter aus dem Fenster – dieser älteste und beste Zeitvertreib der Welt.

Die kleinen Läden auf beiden Seiten der Straße hatten überall auf den Bürgersteigen Kisten auf Gerüsten voller Obst, Gemüse, Blumen und Schuhe zur Ansicht aufgebaut. Hausfrauen schlenderten gemütlich und unbekümmert mit ihren Taschen und Einkaufsnetzen umher, beugten sich hier und da hinunter, watschelten wie Enten zu einem Schaufenster, um ein Angebot näher zu betrachten. Kinder folgten ihnen auf dem Fuße und plädierten allem Anschein nach eifrig für einen Großeinkauf von Eiskrem. Männer saßen mit einem Bier zwischen den Knien auf den Treppenabsätzen und winkten den Vorübergehenden zu.

Es war wie eine Fotografie aus einem historischen Album. Eine längst vergangene Welt. Braunstichige Bilder aus der Zeit, »bevor sie aus den Fugen geriet«.

Wir bogen nach rechts in eine Seitenstraße ab,

dann nach links in eine andere, und schließlich hielt der Fahrer vor einem zweistöckigen Haus. Ich bezahlte ihn, bekam eine Quittung für Schnoors Sammlung und stieg aus.

Das war fürwahr ein anderes Wohnambiente als Carstens. Das Haus war hübsch und gepflegt und frisch gekalkt, und den Bewohnern schien es eine Frage der Ehre zu sein, dass es so aussah, so wie möglicherweise auch viele andere Menschen auf ein gepflegtes Umfeld Wert legen. Vor dem Haus standen Fahrräder, Kinderwagen und ein einzelnes, bescheidenes Auto. Dahinter befand sich eine große, gut getrimmte Rasenfläche mit einer Schaukel und einem Sandkasten.

In jedem Stock gab es eine Mietwohnung. Frank wohnte in der obersten. Ich drückte auf den Klingelknopf für den zweiten Stock und wartete. Nichts geschah.

Ich drückte noch einmal. Es geschah immer noch nichts. Ich konnte die Glocke hören, aber das war auch alles.

Ich ging um das Haus herum und sah, dass die Fenster im zweiten Stock geöffnet waren.

Das gute Recht eines freien Mannes in einer demokratischen Gesellschaft.

Ich versuchte es erneut.

Ich versuchte es auch mit den anderen Klingelknöpfen. Dasselbe Resultat. Dasselbe Ausbleiben eines Resultats.

Ich verfluchte mich selbst, weil ich noch nicht einmal vorher angerufen hatte – die einfachste Schutzmaßnahme gegen elementare Zeitverschwendung.

Aber wo ich jetzt schon einmal hier war, konnte ich genauso gut bleiben, die Dinge auf mich zukommen lassen und das Beste aus dem Tag machen.

Ich setzte mich auf die niedrige Ummauerung, die das Grundstück umgab, rauchte eine Zigarette, betrachtete die Sonne, lauschte kritisch dem Zwitschern der Vögel und zählte – um nicht in Schlaf zu fallen – alle Dummheiten, die ich im Laufe meines Leben begangen hatte. Ich hatte vier Zigaretten geraucht und war inzwischen bei etwa achttausend eklatanten Dummheiten angekommen – noch vor meiner Konfirmation –, als sich etwas tat. Eine junge blonde Dame kam mit einem Kind an jeder Hand nach Hause und begann, die Haustür aufzuschließen, so selbstsicher, als hätte sie jedes Recht zu dieser Tat.

Ich spurtete zu ihr hinüber, erklärte, dass ich ein Freund von Frank war und eine wichtige Nachricht für ihn hatte und ob ich nicht mit ihr hineinschlüpfen dürfte?

Sie lächelte höflich und sagte, dass ich das »gerne« dürfte.

Die Leute sind heutzutage wirklich unvorsichtig. Sie wusste gar nichts über mich. Ich hätte ein Frauenmörder oder ein Kinderschänder sein können, ich hätte sie alle zusammen plötzlich mit der ganzen Wucht meiner achtzig Kilo angreifen und meine Eckzähne in ihren Hals bohren können, und sie war wehrlos und ganz allein mit zwei kleinen Kindern.

Unverantwortliche Nachlässigkeit.

Sie hatte Glück. Ich hielt mich ganz fantasielos

an meine bisherigen Absichten und trabte in den zweiten Stock hinauf.

Als ich mein Ohr an die Tür drückte, kam es mir vor, als gäbe es dahinter ein bisschen Bewegung. Nicht die allerdeutlichsten Geräusche, sondern ein schwaches, gleichmäßig andauerndes Schnarren. Wenn Frank sich beispielsweise einen Vogel oder eine Katze hielte, wäre das eine ausreichende Erklärung dafür gewesen.

Ich riss ein Blatt aus meinem Tagebuch – meinem Block – und schrieb, dass ich gerne mit ihm sprechen würde. Ich schrieb sowohl meine Nummer beim Bladet als auch meine Privatnummer daneben. Ich klemmte es in den Briefschlitz, ohne dass ich dadurch etwas anderes enthüllen konnte, als dass Frank der glückliche Besitzer einer Bastmatte in der Diele war und außerdem ein Paar Stiefel besaß, das er auf derselben deponiert hatte.

Ich ging würdigen, wohl ausbalancierten Schrittes wieder nach unten. Die Mutter erklärte gerade ihren Kindern, kaum gedämpft gleich hinter der Tür, dass man, selbst wenn es Sommer war, trotzdem seine Hausschuhe anziehen sollte, wenn man nach Hause kam.

Auf der Taxifahrt hatte ich eine Kneipe bemerkt, die direkt an der Ecke lag, wo Franks Straße von der Seitenstraße der Valby Langgade abzweigte. Originellerweise hieß sie »Centralen« – sie lag direkt an der Kreuzung, und wenn Frank nach Hause kam, würde ich ihn von dort aus sehen können, während ich den Flüssigkeitsverlust ausglich, der während der Überwachung eingetreten war.

Das Lokal war dem Café Gaslight zum Verwechseln ähnlich, einmal abgesehen davon, dass es keine Messer gab – an und für sich kein unbedeutender Unterschied.

Ich hatte noch nicht einmal annäherungsweise ausgeglichen, sondern gerade einmal meine Bestellung aufgegeben, als Frank hereinkam.

16

Frank kam direkt auf meinen Tisch zu.

»Ich habe dich gesehen, als du gegangen bist«, erklärte er. »Vom Fenster aus. Ich bin einfach hinterhergegangen. Ich konnte ja nicht wissen, dass du es warst, der geklingelt hat. Ich bin nicht in der Stimmung, mit allzu vielen Leuten zu reden.«

Sein Gesicht wirkte grau. Alles in allem war er wahrscheinlich derjenige, den Carstens Tod am härtesten getroffen hatte.

Meine Bestellung kam, und Frank gab direkt seine eigene auf. Dann saßen wir da und schauten uns an.

»Ist etwas passiert?«, fragte Frank. Er schien Angst davor zu haben, dass es so sein könnte.

Ich schilderte ihm kurz, was geschehen war. Das verbesserte seine Gesichtsfarbe nicht im Geringsten.

Er fing an, sich hinter dem Ohr zu kratzen – genau wie damals, wenn er aus einem neuen Arrangement nicht unmittelbar schlau wurde.

»Weißt du, wo Flemming ist?«, fragte ich. »Die Polizei möchte gerne mit ihm reden.«

Er schüttelte den Kopf. »Nicht wenn er nicht zu Hause ist.«

»Ist er nicht.«

»Er wird heute Abend schon kommen.«

»Ihr habt einen Auftritt?«

»Ja. Am selben Ort.«

»Und wenn er nicht kommt?«

»Du meinst doch nicht etwa …«

»Ich meine gar nichts. Ich frage nur.«

»Dann sind wir eben das seltsamste Trio der Welt: Gesang, Saxophon und Bass. Oder wir sagen ab. Ich würde ohnehin am liebsten absagen. Und nicht nur für heute Abend, sondern für alle Zukunft.«

»Warum das?«

»Ich gehöre einfach nicht in diese Band. Nicht ohne Carsten. Wir beide haben sie gegründet, und jetzt stehe ich alleine da, mit drei Kindern. Sie sollten lieber zusammen weitermachen und ein paar Neue in ihrem eigenen Alter suchen.«

»Und was willst du dann machen?«

»Keine Ahnung. Mir wird schon etwas einfallen. Ich werde jedenfalls eine Zeit lang auch so zurechtkommen können.«

Daran hatte ich keinen Zweifel. Ich erinnerte mich deutlich an die alten Zeiten, in denen Carsten und ich auf einer Tournee jeden Abend unsere Gage auf den Kopf gehauen hatten, während Frank sie sorgfältig in seinem Sparbuch verstaut hatte. Frank war schon immer einer der vernünftigeren Musiker gewesen. Sie sind zwar selten, aber es gibt sie.

Aber ich konnte ihn gut verstehen – auf dieselbe Art, wie ich verstehen konnte, dass Stan Laurel nach Oliver Hardys Tod nicht mehr weiterarbeiten wollte. Carsten und Frank waren so lange zusammen gewesen.

»In letzter Zeit war er vollkommen niedergeschlagen«, sagte Frank nachdenklich. »Außer wenn er spielte. Irgendetwas hat ihn bedrückt. Etwas Ernstes.«

»Und es war nicht Lene?«

»Das glaube ich nicht. Vor ein paar Tagen, als ich versuchte, ihn auszuquetschen, hat er noch gesagt, dass ich ihm dabei nicht helfen könnte, aber vielleicht *du*. Er wollte dir schreiben. Ich dachte, dass du deswegen gestern Nachmittag aufgetaucht bist.«

»Das war reiner Zufall – seinen Brief habe ich erst heute bekommen. Aber bei welchem Problem hätte ich ihm denn in Gottes Namen helfen können? Wenn es um Geld ging – also ich bin nicht so furchtbar viel reicher als er.«

»Wenn es sich um Geld gehandelt hätte, wäre er zu mir gekommen. So hat er es sonst auch immer gemacht.«

Richtig, so war es schon immer gewesen. Ich selbst hatte es seinerzeit genauso gemacht. In jedem Arbeitsteam, genau wie in jeder Band, gibt es immer einen, der besser mit Geld umgehen kann als die anderen, und letztendlich wird es zu einer Tradition, dass sich alle etwas von ihm leihen, wenn die Kasse leer ist – was bei gewissen reisenden Musikern häufiger der Fall ist als das Gegenteil.

»Hatte er Schulden bei dir?«

»Nur ein paar tausend. Aber das ist egal. Daran werde ich nicht sterben.«

»Gut, er wollte also nicht wegen Geld mit mir reden. Um Musik kann es auch nicht gegangen sein. Sein Liebeskummer wird es wohl kaum gewesen sein, und seinen Stoff hat er sich auch immer noch selber besorgen können. Was bleibt dann noch übrig?«

»Du bist Journalist. Oder bist es geworden, meine ich.«

»Freelancer, ja. Spezialisiert auf Kriminalfälle.«

»Da haben wir es ja.«

»Was meinst du damit?«

»Das ist die einzige vernünftige Erklärung. Wenn wir uns jetzt einmal vorstellen, dass Carsten irgendeinem Verbrechen auf die Spur gekommen ist oder dass ihm irgendetwas in dieser Art zu Ohren gekommen ist und er nicht wusste, was er selbst mit diesem Wissen anstellen sollte – dann wäre es doch vollkommen nachvollziehbar, wenn er sich an dich gewandt hätte.«

»Zum ersten Mal nach all diesen Jahren?«

»Wenn es das erste Mal war, dass er einen Grund dafür hatte? Du weißt doch, Carsten war nicht der Typ, der seine Kontakte pflegt.«

»Wie wahr. Böse Zungen würden behaupten, dass er sich immer selbst genug war. Seine Gitarre, seine Spritze und er selbst.«

»Er war genial.«

»Meinetwegen gerne, obwohl du da mit einem großen Wort jonglierst. Hast du übrigens meinen Nachruf gelesen?«

»Ja. Wie jammerschade, dass du aufgehört hast zu spielen.«

»Ganz im Gegenteil, Frank. Das war ein großartiger individueller Beitrag zur stetigen Verbesserung der dänischen Musikkultur. Der Musikerverband hätte mir ein Dankesschreiben schicken sollen.«

»*Warum* hast du eigentlich aufgehört?«

»Ich wollte heiraten, und da wollte ich nicht mehr die ganze Zeit auf Tournee sein.«

»Und hat es gehalten?«

»Nein. Wir haben uns scheiden lassen, und später ist sie dann ermordet worden – auf Malta. Aber das ist eine andere Geschichte. Lass uns auf Carsten zurückkommen. Falls er, wie du sagst, etwas entdeckt haben sollte – worum könnte es sich da handeln?«

»Wahrscheinlich irgendetwas mit Drogen, oder? Darauf würde *ich* tippen. Damit hatte er schließlich am meisten zu tun.«

»Ein Drogenabhängiger verpfeift selten seine Dealer, Frankie Boy. Das wäre in etwa vergleichbar damit, irgendwo für Schwarzgeld zu spielen und anschließend den Wirt wegen Steuerschwindels anzuzeigen. Das ist keine kluge Vorgehensweise.«

»Wo es um Drogen geht, gibt es doch immer wieder auch andere Verbrechen, oder?«

»Ja, schon.«

»Dann lass uns einmal annehmen, dass er zufällig im Drogenmilieu von einem anderen schwereren Verbrechen gehört hat, und er konnte es nicht ertragen, zu schweigen und es einfach so auf sich beruhen zu lassen?«

»Das wäre in jedem Fall eine gute Erklärung –

auch für die Art und Weise, wie er gestorben ist. Du hättest Detektiv werden sollen, Frank.«

»Ich habe darüber nachgedacht, seit ich heute Nacht nach Hause gekommen bin. Ich habe nicht eine Minute geschlafen.«

»Das sieht man sofort. Noch eine Runde?«

»Ich muss spielen. Eigentlich sollte ich nicht.«

Guter, alter, vorsichtiger, vernünftiger Frank.

»Du kannst doch immer noch ein paar Stunden schlafen, bevor es losgeht. Du brauchst nur noch ein geeignetes Schlafmittel. Nimm ein Porter.«

»O. k., Doc.«

Ich schaute mich nach der Bedienung um. Wir hatten wie auf unserer kleinen, privaten Pazifikinsel gesessen, seit Frank hereingekommen war. Es gab noch andere Menschen in diesem Lokal, und wir hatten sie noch nicht einmal angesehen. Wir waren in einer Luftblase eingesperrt gewesen, in einem Gedankenkäfig, aus gegebenem Anlass errichtet von Carsten Friis' Schatten. Nicht einmal das harte Knallen der Billardkugeln hatte ich wahrgenommen.

Ich sah aus der offenen Tür hinaus.

Langsam rückte der Feierabend näher. Die Anzahl der Fahrräder und Autos hatte sich verdreifacht, und Männer mit Aktentaschen oder Werkzeugkästen beherrschten das Straßenbild in Valby. In einer Viertelstunde würde man durch die schmalen Gassen gehen und aus jedem einzelnen Küchenfenster die abendlichen Essensdüfte riechen können.

Wieder Feierabendverkehr – und vierundzwanzig Stunden her, dass Carsten gestorben war.

Und wir waren noch nicht einen Schritt vorangekommen.

Frank musste in denselben Bahnen gedacht haben, denn plötzlich sagte er: »Glaubst du, dass sie jemals herausfinden werden, wer es getan hat?«

»Keine Ahnung«, antwortete ich wahrheitsgemäß. »Es gibt kaum ein überzeugendes Motiv, weshalb man einen nicht besonders wohlhabenden Musiker umbringen sollte. Es sei denn, du hast Recht mit deiner Vermutung – und in dem Fall würde es noch schwieriger werden.«

Erneut starrten wir stumm vor uns hin. Neue Gäste kamen herein, und Frank grüßte einige von ihnen wortlos.

»Nachbarn«, erläuterte er.

Ich nickte. Ich verstand ihn. Sogar ich besaß Nachbarn. Auch ich grüßte sie.

»Es gibt eine Sache, die ich auf jeden Fall vor allem anderen noch erledigt haben muss«, sagte Frank. »Ich werde eine Erinnerungsplatte für Carsten produzieren. Eine LP, die aus allen Bändern zusammengesetzt ist, die er noch herumliegen hatte – und denen, die ich selbst noch habe. Wenn ich denn jemanden finden kann, der sie auf den Markt bringen will.«

»Warum nicht?«, sagte ich. »Heute kennen hundertmal mehr Leute seinen Namen als gestern Nachmittag noch.«

»Du bist ein Zyniker.«

»Ganz und gar nicht. Ich bin Journalist.«

»Ich finde, dass es so eine Platte geben sollte. Das *gehört* sich so.«

»O. k., leg einfach los – *ich* werde gerne ein Exemplar erwerben.«

»Weißt du, wann er beerdigt werden soll?«

»Nein. Ich kann heute Abend mal fragen.«

»Danke. Wenn es dir nichts ausmacht ...«

»Natürlich nicht.«

Frank schaute auf seine Uhr.

»Ich gehe jetzt mal lieber, damit ich mich für heute Abend noch ein bisschen erholen kann«, sagte er.

»Ihr werdet ein volles Haus haben«, antwortete ich. »Damit solltest du rechnen. *Alle* werden euch heute Abend sehen wollen. Alle, die heute zum ersten Mal von euch gehört haben.«

»Hyänen!«, sagte er.

Ich zuckte mit den Schultern. Wahrscheinlich hatte er Recht, aber das würde auch nichts ändern.

Er stand auf und schickte sich an zu gehen.

»Ich werde wohl heute Abend noch bei euch vorbeischauen«, sagte ich. »Aber versprich mir, dass du Flemming bittest, mich anzurufen, sobald du ihn siehst. Warte mal ...«

Ich zog Stift und Block aus meiner Tasche und schrieb ihm Ho Ling Fungs Nummer auf einen Zettel.

»Bitte ihn, mich unter dieser Nummer anzurufen, bevor ihr anfangt zu spielen – sobald du ihn siehst.«

»*Falls* ich ihn sehe«, sagte Frank und winkte zum Abschied.

Eine ausgesprochen pessimistische Einstellung.

Aber Frank ging es natürlich auch nicht besonders gut. Sein Vater, Bruder, Kumpel, Kompagnon und der Lieblingshund waren gestorben – alle auf einmal.

Ziemlich bitter. In Wirklichkeit vielleicht sogar schlimmer für ihn als für Carsten.

17

Als ich die Zeche im Centralen bezahlt hatte und wieder auf die Straße getreten war, hatte sich bereits eine milde, freundliche Frische ausgebreitet – eine liebenswürdige Brise, die alles reinigte, viel zu angenehm, um ein Taxi zu nehmen. Außerdem hatte ich genug Zeit. Ausnahmsweise einmal.

Es ist schon ein Fluch, wie die Menschen immer unter der Fuchtel der Zeit stehen.

Ich hatte trotzdem nichts anderes zu tun, als einen Spaziergang zu machen – Gitte war in Århus, die Story des Tages in der Setzerei und Ehlers aller Wahrscheinlichkeit nach sicher aufgehoben am Halmtorvet.

Die Straßen waren beinahe so menschenleer wie in einer verlassenen Westernstadt. Es ging langsam auf 18 Uhr zu, und um diese Zeit sitzt die gesunde dänische Mehrheit zu Tisch, und das tut sie jeden Tag. Wieder die Zeit. Man zerhackt sein ganzes Leben in kleine Zeitspäne, Arbeit, Fortbewegung, Fütterung, Schlaf – und plötzlich sind keine Späne mehr da, die Kiste ist leer. Auf Wiedersehen und danke schön – wenn man nicht gerade an Reinkarnation glaubt.

Es dauerte nur eine Viertelstunde, von Valby nach Vesterbro zu spazieren. Ich bog auf den Halmtorvet ab und zog für einen Augenblick in Erwägung, dem Café Gaslight einen frühen Abendbesuch abzustatten, entschied mich dann aber dagegen – zum Teil wegen unübersehbarer Umweltaspekte, zum Teil, weil ich zumindest ein halber Familienvater war.

Bis ich näher herankam. Da konnte ich nämlich sehen, dass das Gaslight gerade jetzt, in diesen Minuten, ein ausgesprochen ruhiger und sicherer Ort war.

Das ganze Café war von Bullen umstellt, und vor dem Eingang standen zwei große grüne Minnas mit reichlich Platz für Arrestanten. Immer wieder andere Bullen gingen zur Tür des Cafés hinein und kamen, einer nach dem anderen, mit einem scheel blickenden, widerstrebenden zivilen Mitbürger wieder heraus.

Razzia. Kein seltener Anblick in diesem Viertel. Sie ist wie ein Blitz, der an jedem beliebigen Ort plötzlich einschlagen kann, aber das gehört zur Natur dieses Stadtbezirks. Egal, wo man gerade sitzt, man kann jederzeit und ohne Vorwarnung in einen Ansturm von einem Dutzend Polizisten geraten, die einen um die Ausweispapiere bitten und ein auffälliges Interesse daran zeigen, was man zurzeit in den Taschen aufbewahrt.

Das mag auf empfindliche Naturen wie eine ziemlich lästige Alltagserscheinung wirken, aber objektiv betrachtet kann man der Polizei deswegen keine Vorwürfe machen. Ich erinnere mich an einen Vorfall vor ein paar Jahren, als drei Bullen einen heißen Tipp bekommen hatten und leichtsinnig genug waren, allein eine Razzia durchzuführen, offensichtlich in der optimistischen Hoffnung auf sofortige Beförderung. Es geschah in der Bodega Måneskin, dem berüchtigsten Lokal zu ebenjener Zeit. Dort saßen zwölf Kerle, von denen kaum einer – der Wirt eingeschlossen – nicht für irgendetwas hätte aufgehängt werden können.

Jeder der drei Beamten bezahlte für das Experiment mit einer leichten Gehirnerschütterung. Sie hatten Glück gehabt.

Seitdem hatte Ehlers seinen Leuten eingeschärft, dass Razzien dieser Art eine größere Mannschaft erforderten.

Heute Abend konnte man sehen, dass sie es sich zu Herzen genommen hatten.

Ich hielt Ausschau nach Ehlers, entdeckte aber weder ihn noch Kaspersen. Der einzige der teilnehmenden Staatsdiener und Amtspersonen, den ich wiedererkannte, war Kellermann. Er kam mit einem jungen Lederjackenträger auf den Armen aus der Tür, wobei seine Miene und seine Körperhaltung eher anzudeuten schienen, dass er einfach nur – im Auftrag der Mutter – einen Säugling in der Kinderkrippe abgeben wollte.

Ich zündete mir eine Zigarette an, setzte mich auf eine der Bänke am Halmtorvet und beobachtete die Szenerie. Ich komme so selten ins Kino.

Die ganze Angelegenheit nahm kaum mehr als zwanzig, dreißig Minuten in Anspruch – zwei Zigarettenlängen. Dann waren die Polizeitransporter gefüllt, und die meisten von Ehlers Leuten setzten sich mit hinein. Die Wagen drehten um und verschwanden in Richtung der Polizeistation – eine Reise von ein paar hundert Metern. Nur eine kleine Gruppe Bullen blieb zurück – darunter auch Kellermann.

Ich ging über die Straße zu ihm hinüber und wünschte ihm einen Guten Abend. Kellermann lächelte freundlich zurück.

»Habt ihr was gefangen?«, fragte ich.

Kellermann grinste gutmütig.

»Tja«, sagte er. »Das ist wie bei der Fischerei, weißt du. Wir müssen den Fang erst einmal gründlich sortieren, um zu sehen, welche Fische wir überhaupt gefangen haben. Da gibt es sicher ein paar größere Exemplare, die wir heute Abend grillen werden, und bestimmt werden auch ein paar dabei sein, die so klein sind, dass wir sie wieder zurück ins Wasser werfen werden.«

»In der Hoffnung, dass sie beim nächsten Fischzug groß genug geworden sind?«

»Ganz im Gegenteil. Aber wir können nicht kontrollieren, wie sich die Brut entwickeln wird – nicht bevor es zu spät ist. Dann kommen wir wieder.«

Wir tauschten noch ein paar geistreiche Bemerkungen aus, bevor ich mich vorsichtig nach Täto-Toms wertem Befinden erkundigte.

»Er sitzt immer noch bei uns«, sagte Kellermann. »Aber es ist die Frage, wie lange wir ihn noch festhalten können. Zehn Gramm sind nicht die Welt. Ich glaube, Ehlers denkt darüber nach, ob er ihn nicht laufen lassen sollte, um ihn dann zu observieren – sofern diese Razzia nicht irgendetwas ergibt, was den Plan ändern könnte. Aus Sicht der Steuerzahler war sie jedenfalls vernünftig. Wir haben sowohl verbotene Waffen als auch Drogen gefunden – vorerst.«

»Das würdet ihr auch in jeder anderen Kaschemme in dieser Gegend finden können.«

»Das weiß ich auch, aber wir können uns immer nur eine auf einmal vornehmen.«

»Das ist doch nur ein Tropfen im Ozean.«

»Das weiß ich auch. Aber ich weiß auch, dass der Ozean aus Tropfen besteht. Und du weißt auch ganz genau, dass wir, wenn wir dieses Viertel unter Kontrolle halten wollten, auf drei Bewohner einen Polizisten bräuchten, so in der Richtung jedenfalls.«

Da hatte er allerdings Recht. Die eine Hälfte der Bevölkerung ist immer der Meinung, dass es zu viel Polizei gibt, die andere Hälfte, dass es zu wenig gibt. Die eine Hälfte meint, dass sie zu hart und brutal vorgeht, für die andere Hälfte ist sie zu zimperlich, »human« und ineffektiv.

Man muss ein empfindliches Gleichgewicht bewahren, wenn man unter diesen Bedingungen arbeitet. Es muss genauso anstrengend sein, wie für das Bladet tätig zu sein, gefangen in einem sich ständig ändernden Spinnennetz aus den Interessen der Leser, den Wünschen des Chefredakteurs, der Rücksichtnahme auf die Story und die Menschen, die darin verwickelt sind, sowie den letzten, zerbröckelnden Resten des eigenen Gewissens.

Wir wünschten uns gegenseitig einen Guten Abend und ein baldiges Wiedersehen – was wir alle so lange tun werden, bis wir irgendwann an der Reihe sind, uns mit einer Verbeugung zurückzuziehen – und ich ließ mich in eine der Seitenstraßen der Istedgade treiben.

Das Nachtleben steckte noch in seinen Anfängen. Der Abend war gerade erst zur Welt gekommen und strampelte auf der Matratze, und noch wusste niemand, was aus ihm werden würde, aber alle waren auf ihn vorbereitet, alle machten sich parat. Die Billardhaie befühlten prüfend die Queues und ließen die Kugeln auf ihrer Handfläche kreisen, als wollten sie sich ihres genauen Gewichts vergewissern. Die Kartenspieler mischten und teilten für sich selbst aus, um sicherzugehen, dass die Finger geschmeidig und geschmiert genug waren, die Nutten legten sorgfältig Lippenstift und Mascara auf, betrachteten sich im Spiegel wie Schauspielerinnen am Schminktisch vor der Vorstellung, die Barkeeper wischten die Theken trocken, polierten die Gläser und musterten kritisch die aktuelle Auswahl an Flaschen.

Ein Duft der Erwartung schwebte über der Straße. Ein Duft derselben Erwartung, wie sie auch Musiker hegen, wenn sie in den Hinterzimmern im letzten Moment noch ihre Instrumente stimmen, oder wie Boxer sie spüren, wenn sie in den Umkleidekabinen ihre abschließenden aufwärmenden rhythmischen Gymnastikübungen vor dem Kampf absolvieren.

Ich ließ mich ins Stjernecafé treiben, wo ich mit einem Nicken die versammelte Bekanntschaft begrüßte – genau wie Frank es in Valby gemacht hatte und wie die meisten es ganz mechanisch dort tun, wo sie öfter verkehren – und ging weiter zu Bob, der hinter der Bar stand.

»Was Neues?«, fragte er mechanisch, während er einen Whisky ohne Eis einschenkte.

Wie alle guten Barkeeper ist Bob gleichzeitig auch Gedankenleser. Man muss ihm niemals sagen, was man – gerade jetzt – trinken möchte. Er weiß genau, wenn er einen erst einmal kennt, wo die individuellen Grenzen zwischen den Zonen verlaufen, in die der Tag hinsichtlich – beispielsweise – Magenbitter, Bier oder Whisky unterteilt ist.

Noch eine Art, die Zeit zu messen.

Jeder Job hat seine eigene.

»Tja«, sagte ich. »Razzia im Gaslight. Große Sache.«

»Höchste Zeit«, sagte Bob.

»Bei dir war doch auch schon mal Razzia, wenn ich mich recht entsinne.«

»Das ist hier in der Gegend allen schon passiert. Ich kann nicht für alles geradestehen, was in meinem Lokal geschieht, oder für jeden, der hier durch die Tür hereinkommt, und du weißt selbst am besten, was für Gestalten das sein können. Aber im Gaslight wissen sie genau, wer kommt – und ermutigen diese Leute auch noch, um es diskret auszudrücken. So ist es mir jedenfalls erzählt worden …«, schloss Bob flüsternd, um zu signalisieren, dass man niemals zu viel sagen sollte – und schon gar nicht, wenn eine dritte Person in Hörweite ist.

Ein vernünftiger Grundsatz, auch wenn diese dritte Person nicht so aussah, als würde sie noch hören oder sehen können, und stattdessen eine besondere Gangart pflegte, die in der gesamten Zoologie ihresgleichen suchte.

Es war der Entsorgungs-Assistent von heute Vormittag, Fuchsgesicht. Er hatte offensichtlich, genau wie ich es mir vorgestellt hatte, seitdem hier gesessen. Er kniff die Augen zusammen, um mich genauer betrachten zu können – irgendetwas schien ihm bekannt vorzukommen. Dann gab er allerdings sein wohl allzu kompliziertes und intelligenzintensives Projekt auf und bestellte stattdessen ein weiteres Pils, eine etwas einfachere und überschaubarere Operation.

Bob betrachtete ihn kritisch, bevor er es auslieferte, aber er tat es, und Fuchsgesicht taumelte seitwärts zu seinem Tisch zurück, zielte sorgfältig und traf den Stuhl unfallfrei und knapp auf der Kante.

»Acht Stunden ununterbrochener Suff«, sagte Bob.

»Ein schöner Anblick.«

»Wenn du meinst. Ein Spielchen?«

»O. k.«

Bob vergewisserte sich routiniert, dass alle Anwesenden versorgt waren, bevor wir unser beinahe tägliches Würfelspiel absolvierten. Bob konzentriert sich gern ganz aufs Knobeln. Die Ergebnisse dieser Konzentration sprechen in der Regel für sich selbst.

So wie auch heute.

Als er die festgelegten zwei Spiele gewonnen hatte, ging ich. Da war Fuchsgesicht schon am Einschlafen, und Bob warf ihm kritische Blicke zu und bereitete sich ganz allmählich darauf vor, ihn zum Aufstehen, Bezahlen und Nachhausegehen zu bewegen – wo auch immer zu Hause für ihn sein mochte, wenn es denn eines gab.

Ich wusste jedenfalls, wo zu Hause war, wenn

auch sonst nichts. Zu Hause war dort, wo man ein Bad nehmen konnte, ohne angeglotzt zu werden.

Einstein mochte wissen oder zumindest in der Lage sein auszurechnen, zum wievielten Mal ich diese verdreckte Feuerfalle von einer Treppe bestieg und zu meinem vierten Stock hinaufkraxelte. Ich schloss auf und stellte fest, dass noch nicht einmal eine Bombendrohung durch den Briefschlitz geflattert war. Ich zog mich aus und stieg ins Bad. Ich ging sogar so weit, dass ich hinterher die Unterwäsche wechselte – obwohl Gitte in Jütland war.

Ich kochte mir eine Tasse Kaffee, rauchte ein paar Zigaretten und starrte aus dem Fenster auf die einsetzende Dämmerung und die Ouvertüre zum abendlichen Vergnügungsverkehr, der sich durch die Straße schlängelte. Ich dachte – nicht zum ersten Mal – darüber nach, ob ich nicht schon zu lange hier gewohnt hatte. Ob ein Umzug mir vielleicht einmal ganz gut täte.

Gitte würde eine solche Entscheidung in jedem Fall begrüßen.

Ich dachte auch über einen Namen für unseren Sohn nach. Mir war immer noch keine Idee gekommen. Je mehr Namen mir einfielen, desto alberner kamen sie mir vor – sie waren allesamt entweder zu protzig oder zu popelig, und keiner von ihnen war gut genug für *unseren* Sohn. Sie klangen allesamt wie die Namen von anderen Leuten.

Um Viertel vor acht trat ich wieder vor die Tür – von außen betrachtet ein gut gekleideter, angepasster Bürger auf einem entspannten Abendspaziergang.

Aber mit einem schwelenden inneren Chaos unter Hemd und Jacke.

Wie es vermutlich bei den meisten gut gekleideten, angepassten Bürgern ebenso der Fall ist, wenn man genauer hinschaut.

Was man ruhig etwas öfter tun sollte.

18

Ho Ling Fung empfing mich mit seiner üblichen eleganten kleinen Verbeugung und geleitete mich liebenswürdig bis zu »meinem« Tisch ganz hinten in dem großen Lokal mit den roten Wänden und Vorhängen und den vielen Bergen und Vögeln in chinesischem Krapplack.

»Ihr Freund, der Polizeiinspektor, hat angerufen«, sagte er. »Er wird sich ein bisschen verspäten.«

»O. k.«, antwortete ich. »In der Zwischenzeit nehme ich einen Whisky.«

Das Lokal war nur zur Hälfte gefüllt, sodass ich die Gelegenheit wahrnahm, selber orientalische Höflichkeit in gebührendem Umfang an den Tag zu legen und mich eingehend zu erkundigen, wie es um Hos acht Kinder stand – ein Thema, das er ausgesprochen gerne diskutierte.

Offensichtlich ging es allen achten blendend, und das war ja – wie ich dann auch anmerkte – glänzend.

Anschließend war dann – aus rein rituellen Gründen – Ho an der Reihe, sich nach meiner kleinen Familie und der Arbeit zu erkundigen, und gerade als wir diese uralte, weltumspannende Zeremonie beendet hatten, kam Ehlers zur Tür herein.

Mittlerweile sah er nicht mehr nur müde aus, sondern ausgezehrt. Die Augen waren tief in seinem Schädel versunken, sodass sie kleinen Tierchen ähnelten, die aus ihrem dunklen Bau herausschauten. Alle noch so bescheidenen Versuche, seinen permanent struppigen Bart zu zähmen, waren augenscheinlich schon vor Tagen eingestellt worden, und seine Kleidung sah aus, als hätte eine größere Wohngemeinschaft seit Wochen abwechselnd darin geschlafen.

Wir setzten uns an den Tisch, bestellten, bekamen eine Flasche Wein und schauten uns abwartend an.

»Wie viele Male haben wir beide mittlerweile hier gesessen?«, fragte Ehlers.

Er sprach es nicht wie eine Frage aus und auch nicht wie eine positive oder negative Beurteilung dieses Phänomens. Er sprach es aus, als hätte er vorher noch nie darüber nachgedacht, würde sich jetzt wundern und die Antwort wirklich gerne erfahren.

»Ein Dutzend Mal vielleicht«, antwortete ich.

»Und jedes Mal mit einem Fall am Hals«, sagte Ehlers.

»Verdammt noch mal, Ehlers«, antwortete ich. »Du bist Polizist. Wann hast du denn jemals *keinen* Fall am Hals gehabt?«

»Niemals. Was für ein verfluchtes Elend, ich brauche dringend Urlaub!«

»Und ein Bad und einen Haarschnitt und saubere Klamotten.«

»Und zwölf Stunden Schlaf und eine ordentliche Mahlzeit.«

»Der letzte Programmpunkt ist ja schon unterwegs.«

»Dann müssen die anderen noch warten. Das war vielleicht ein verdammter Ärger heute!«

»Mit der Razzia?«

»Gar nicht mal so sehr damit, sondern weil gleichzeitig in Nørrebro der Straßenkrieg ausgebrochen ist. Banden von Jugendlichen, die Gastarbeiter überfallen und ihre Autos und Geschäfte zertrümmern. Es waren ziemlich viele. Und ich hatte gerade eine komplette Einheit zum Gaslight geschickt!«

»Was hast du dann gemacht?«

»Leute geliehen. Von der Polizei in Frederiksberg und anderen Revieren hier in der Stadt. Es ging. Aber es war ein harter Kampf, wie die Sportjournalisten sagen. Es hat fast eine Stunde gedauert. Und eins ist sicher, heute Abend müssen alle Unfallstationen in der Stadt Überstunden machen.«

»Diese Stadt wird langsam irre.«

»Vielleicht liegt es an der Hitze.«

»Wenn es nur so wäre. Aber es ist viel schlimmer, das geht jetzt schon das ganze Jahr so. Immer wieder dasselbe. Die Arbeitslosen verprügeln die Gastarbeiter, die Rockerbanden verprügeln sich gegenseitig, und die Polizei verprügelt die jugendlichen Obdachlosen.«

»Du meinst die Hausbesetzer.«

»Ich nenne sie lieber die jugendlichen Obdachlosen. Genau das sind sie nämlich, und da liegt auch das Problem.«

»Ich weiß, wie du über diese Sache denkst, aber du weißt so gut wie …«

»Ja, ja, dein Job.«

»Manchmal glaube ich«, sagte Ehlers, »das ist die beste und einzige Methode, einen Menschen zu terrorisieren. Man fängt damit an, dass man ein selbstständiges, ganz spezielles Individuum ist. Dann bekommt man einen Job. Und dann identifiziert man sich Stück für Stück immer mehr mit dem Job – bis der Mensch praktisch nur noch aus seiner Arbeit besteht.«

»Du meinst also, dass die eine Hälfte von uns deformiert wird – oder unterdrückt, wenn du willst –, weil sie arbeitet, und die andere Hälfte, weil sie es nicht tut?«

»Irgendetwas in der Richtung, fürchte ich.«

Ho brachte die Suppe, und die erforderte Schweigen.

Als die Schüsseln wieder abgeholt wurden, sah Ehlers schon ein bisschen besser aus, was schon eine ganz ordentliche Leistung für so ein bisschen Suppe war.

Wir hatten einen guten Tisch bekommen, ungestört und weit weg von allen anderen. Und es war ein gutes Restaurant. Es war schlicht und einfach *das* Lokal. Draußen konnten Gewalt, Aggression und Dummheit ihr Unwesen treiben, aber bei Ho herrschte Ruhe. Bei Ho fühlte man sich, als wäre man selbst einer der Goldfische, die in seinen Aquarien herumschwammen.

»Gemütliches Lokal«, sagte Ehlers. »Ich bin froh, dass du es mir gezeigt hast.«

»Damals, als ich unter Mordverdacht stand.«

»Du übertreibst.«

»Ganz und gar nicht.«

»Du warst einfach nur so verdammt tief darin *verwickelt.*«

»Das bin ich dieses Mal auch.«

»Aber mittlerweile haben wir uns daran gewöhnt. Es ist zu einer Gewohnheit geworden. Wo eine Leiche ist, bist du auch nicht weit.«

»Wie ein Geier, ich weiß, und ich picke im Aas herum, um daraus kleine Buchstaben auf Zeitungsseiten zu machen. Eines Tages werde ich stattdessen ein verdammtes Buch darüber schreiben.«

»Gute Idee. Das solltest du machen.«

»Ruhig Blut, das war nur ein Witz. Alle Journalisten behaupten so etwas in regelmäßigen Abständen, wenn sie die Tretmühle satt haben.«

»Und einige machen es wohl auch wahr, oder?«

»Ziemlich wenige. Die meisten begnügen sich damit, davon zu träumen. Wovon träumen denn Bullen an ihren blauen Montagen?«

»Ach, irgendwas in Richtung eines anderen Jobs, wo sie ihre Ausbildung anwenden können – zum Beispiel ein fester, solider, gut bezahlter Job als Sicherheitschef in einem netten Traditionsunternehmen mit Tresor, wo ohnehin nie etwas passiert.«

»Zur Abwechslung?«

Ehlers nickte.

Wir machten uns – wie beinahe jedes Mal – über Hos Riesengarnelen her.

»Ich habe mich heute Nachmittag noch mit Kellermann unterhalten«, sagte ich. »Ist bei der Razzia etwas herausgekommen?«

»Teils, teils«, antwortete Ehlers kauend. »Es waren natürlich nur Kleinigkeiten. Wir haben ein bisschen Morphium beschlagnahmt, ein paar Röhrchen Preludin, eine prächtige Platte Hasch, zwei gestohlene Scheckhefte, einen falschen Pass und zwei illegale Revolver. Aber es ging auch gar nicht so sehr um diese Dinge. Wir wollten einfach unter – wenn ich es so ausdrücken darf – vorteilhafteren Bedingungen mit ihnen über den Fall Harry Hammer diskutieren. Vorteilhafter für uns jedenfalls. Wenn sie erst einmal dasitzen und schwitzen und warten und wissen, was sie bei sich gehabt haben, werden zumindest *einige* von ihnen redselig. Dadurch können wir vielleicht endlich etwas erfahren.«

»Vorausgesetzt, das Ganze war nicht nur ein furchtbarer Irrtum.«

»Man panscht so eine Portion, wie Friis sie abbekommen hat, nicht irrtümlich zusammen.«

»Nein, aber der Irrtum könnte darin liegen, dass *er* sie bekommen hat.«

»Da könnte etwas dran sein …«

»Es gab schließlich nicht einen einzigen verdammten Grund, Carsten Friis umzubringen, oder?«

»Jedenfalls ist uns keiner bekannt. Das bedeutet nicht, dass es keinen gibt.«

»Nein, großer Logiker. Übrigens hatte Frank eine Idee …«

Ich erzählte ihm von Franks Theorie. Er zuckte mit den Schultern.«

»Noch eine Möglichkeit«, sagte er. »Davon haben wir inzwischen genug.«

Unwiderlegbar.

»Hast du etwas über den Schlagzeuger herausgefunden?«, fragte Ehlers. »*Wir* haben ihn nämlich nicht gefunden. Und er ist immer noch nicht nach Hause gekommen.

»Er soll heute Abend spielen«, sagte ich. »Selber Ort, selbe Zeit. Frank hat versprochen, dass er ihn bittet, hier anzurufen, sobald er ihn sieht.«

»*Falls* er ihn sieht«, sagte Ehlers.

»Da muss schon einiges passieren, bevor ein Musiker seinen Auftritt sausen lässt«, antwortete ich. »Das weiß ich zufällig sehr genau.«

»Mord zum Beispiel?«, fragte Ehlers.

Ihm ging es jetzt schon sehr viel besser, nach zwei Gängen von Hos chinesischem Futter, genau dort platziert, wo dergleichen hingehört. Seine Augen strahlten geradezu, als er nach dem Weinglas griff.

»Wenn du noch einmal darüber nachdenkst«, fuhr er fort, »dann haben wir allein Flemmings Wort dafür, dass Friis auf diese Weise zu seiner tödlichen Dosis gekommen ist. Es ist *seine* Aussage, dass er den Stoff im Gaslight geholt und vom Roten bekommen hat. Der gesamte Handlungsverlauf, mit dem wir arbeiten, beruht ausschließlich auf seinen Worten – und jetzt ist er abgehauen.«

»So wie ich das sehe, gibt dieser Flemming eine ziemlich verdächtige Figur ab – auch wenn er nicht so aussieht«, schloss Ehlers. »Und ich kann es überhaupt nicht leiden, dass wir ihn nicht einmal dazu bringen können, Harry Hammer als den Roten zu identifizieren.«

»Und wenn er jetzt kommt und ihn sieht und

sagt, dass er es nicht war, sondern irgendein anderer Rothaariger?«

»Dann bleiben zwei Möglichkeiten. Die eine ist, dass er lügt, bis sich die Balken biegen, um sich selbst oder jemand anderen zu decken. Die andere ist selbstverständlich, dass er Recht hat, und in diesem Fall stehen wir mit zwei unzusammenhängenden ungeklärten Fällen da, die man niemals hätte durcheinander bringen dürfen.«

»Aber genau in diesem Augenblick hängt alles an diesem Flemming.«

»Kann sein, dass er jeden Augenblick anruft.«

Im selben Augenblick, mit präzisem Timing, klingelte das Telefon. Selbst der liebe Gott schien mittlerweile zu viele Filme gesehen zu haben.

Aber es war für Ehlers. Als er an den Tisch zurückkehrte, rieb er sich herzerfrischend die Hände.

»Das war Kaspersen«, sagte er. »Langsam beginnen dort die Vögelchen zu singen. Sie entreißen gerade Harry Hammers Leben und Werk der Vergessenheit.«

»Wenn einer von ihnen wüsste, wer Harry Hammer das Messer verpasst hat, dann würden sie nicht plaudern«, sagte ich. »In diesem Viertel tut man so etwas nicht. Hier gelten andere Gesetze als die der Polizei.«

»Glaubst du etwa, ich wüsste das nicht?«, sagte Ehlers bissig. »Aber es gibt immer eine Chance, dass einer von ihnen etwas sagt, was uns weiterbringen kann. Auch wenn derjenige es sich nicht so vorgestellt hat. Und es kann immer passieren, dass einer zusammenbricht – einer der Jüngsten.«

»Wir können uns jedenfalls nicht leisten, es darauf ankommen zu lassen. Gott weiß, wie willkommen uns auch die kleinste Spur wäre. Ich gehe lieber wieder zurück und spiele mit.«

»O. k., spiel du ruhig mit ihnen – ich werde dann ins Jazzcafé gehen und sehen, wie es dort läuft. Soll ich dich so gegen Mitternacht anrufen?«

»Fein. Bis dann. Tschüs.«

Ehlers verschwand geradezu tanzend durch die Tür nach draußen. Gute Reklame für Ho Ling Fung.

Ich wartete noch eine halbe Stunde über einem Kaffee, für den Fall, dass Flemming anrufen sollte.

Aber Flemming rief nicht an.

19

Noch einmal hatte ich genug Zeit, um zu Fuß zu gehen.

Ich verabschiedete mich ausführlich von Ho und schlenderte die vernarbte, alte, verunzierte Vesterbrogade in Richtung Innenstadt hinunter. Ein dunkler Schleier senkte sich langsam über die Straßen, eine eigenartige Dunkelheit, die jede stinkende Großstadt wie ein Disneysches Traumland aussehen lassen kann. Eine Dunkelheit, die sich schützend um die Konturen der Häuser legte und die Giftigkeit in den aufdringlichen Farben der Neonlichter herauszufiltern und zu vermindern schien.

Nicht das erste Mal dachte ich darüber nach, warum ich mich immer noch in dieser Stadt aufhielt, warum ich mich weiterhin in diesen Straßen herumtrieb, zwischen diesen Häusern und Silhouetten, durch die ich mittlerweile seit fast vierzig Jahren wanderte, dort, wo ich jedes einzelne Café kannte, jedes einzelne Schild, ja, jeden verdammten Bordstein.

Und nicht zum ersten Mal musste ich aufgeben, ohne eine befriedigende Antwort gefunden zu haben.

Die Pornokinos entließen gerade einen Schwung Kunden nach der Vorstellung. Die Männer – es befand sich nicht eine einzige Frau darunter – schlugen ihre Mantelkragen hoch und zogen ihre Hüte tief in die Stirn, bevor sie sich so schnell wie möglich – einer nach dem anderen – in alle Richtungen zerstreuten.

Eine amerikanische Gesellschaft – wiederum ausschließlich aus Männern bestehend – hatte den Striptease-Nachtclub Santa Cruz erreicht. Sie sahen erwartungsvoll aus. Manche Menschen stellen keine besonders hohen Erwartungen ans Dasein.

Wahrscheinlich sind sie die glücklichsten.

Eine Rockerbande hielt Heerschau sowohl über sich selbst als auch über ihren versammelten Fuhrpark, bevor sie irgendwo anders hindröhnte. Eine größere Gruppe von Punks schloss sich weiter unten auf der Straße einer noch größeren an, die sich auf dem Weg zu einem Konzert im Undergrunden befand, wo ein englischer Sänger krakeelte, der eine mittelalterliche Rüstung und Ratten auf den Armen trug.

Jeder so, wie er es mag. *Copenhagen by night.*

Scientology stand an der nächsten Straßenecke,

der Ecke direkt vor dem Hauptbahnhof, wo der Verkehrsstrom niemals abriss, und warb eifrig Proselyten. Zehn Meter weiter stand eine Horde kurz geschorener, in orange Kutten gekleideter Jugendlicher mit Gitarren und Tamburinen und sang »Hare Krishna« in der Absicht, gute Vibrationen in der Stadt zu verbreiten, falls so etwas überhaupt helfen konnte.

Die Strøget war nach wie vor voll. Mit der unbarmherzigen Regelmäßigkeit einer Maschine pumpte diese unermüdliche Fußgängerzone ihren Anteil menschlicher Körper hinauf und hinunter. Alle zwanzig Meter hatte sich ein Folkmusiker mit einem Hut vor seinen Füßen aufgebaut und schrammelte eifrig die »Protestlieder« herunter, die man schon vor zwanzig Jahren gehört hatte.

Die Welt hatte sich seitdem wohl nicht groß verändert. Es lag wohl eher daran, dass man selbst nicht mehr derselbe war.

Ich brach aus dem Touristengewimmel aus und bog hinter der Kopenhagener Universität in die schmalen Gassen ab, die mich zum Jazzcafé führen würden. Ich fühlte mich vollkommen leer, ich war mir nicht einmal mehr sicher, dass es mich gab. Wenn mich jemand gefragt hätte, wie es mir ginge, was vernünftigerweise niemand tat, hätte ich in voller Übereinstimmung mit der Wahrheit antworten können, dass es mir gar nicht ging, ganz und gar überhaupt nicht.

Wie ich ganz richtig vorhergesehen hatte, herrschte heute Abend ein überwältigender Publikumsandrang vor dem Jazzcafé. Die Hyänen waren auf der Jagd. Sie standen in einer langen Reihe die

Store Regnegade hinunter und warteten darauf, dass sie endlich die Börse zücken und durch den Eingang huschen durften. Die Schlange sah unendlich lang aus.

Gelobt sei der Herr, dass man eine Vergangenheit als Musiker hat. Ich ging über den Hof zum Hintereingang, stiefelte durch die Küche, als wäre ich dort zu Hause, hielt einem sehr beschäftigten südländischen Koch meinen Presseausweis unter die Nase, für den er sich nicht sonderlich zu interessieren schien, und marschierte direkt zur Musikergarderobe links von den Toiletten.

Dort saßen Frank, Tony und Lene. Jeder mit einer Zigarette in der Hand und einem ganz persönlichen Ausdruck der Hoffnungslosigkeit ins Gesicht geschrieben.

»Das werden wir wohl tun müssen«, sagte Tony gerade trotzig, als ich die Tür öffnete.

Offensichtlich war ich mitten in eine Diskussion geplatzt. Es bedurfte keiner übermäßigen Anstrengung der anwesenden Geisteskräfte, um zu begreifen, worum es dabei ging.

»Immer noch kein Flemming?«, fragte ich und sah mich skeptisch suchend um, als ob ich halbwegs erwartete, dass er sich unter dem Tisch versteckt hatte.

Frank schüttelte den Kopf.

»Wir könnten nach einem Ersatzmann telefonieren«, sagte Tony. »Zum Beispiel dieser Gert, der früher mit dir und Carsten gespielt hat.«

»Gert ist in Kenia«, sagte Frank kurz. »Freiwilliger Entwicklungshelfer. Er kann jedenfalls nicht in einer halben Stunde hier sein.«

»Die Leute stehen bis zum Ende der Store Regnegade Schlange«, klärte ich sie auf.

»Hast du das gehört?«, sagte Tony und klopfte Frank aufmunternd auf die Schulter. »Wir werden überhaupt nicht darum herumkommen, du!«

»Ihr könnt es ja gerne machen«, antwortete Frank. »Aber ohne mich.«

»*Come on!*«, sagte Tony. Es klang mechanisch – als ob er es schon viele Male gesagt hatte, bevor ich gekommen war.

Lene sagte gar nichts. Sie saß bloß zurückgelehnt da, scheinbar leblos, wie eine Pflanze, die endgültig Wurzeln geschlagen hatte. Ihre Augen waren vollkommen ausdruckslos, wenn auch leicht verquollen. Die einzige Bewegung, die sie ausführte, bestand darin, in angemessenen Abständen die Asche von ihrer Zigarette abzustreifen, so als ob gerade diese eine Zigarette die letzte und einzige Verbindung mit irgendeiner Form von Umwelt darstellte.

Tony nahm den Faden wieder auf.

»Wir *müssen* einen Schlagzeuger finden«, sagte er. »Ansonsten geht das hier komplett den Bach herunter.«

»Was mich angeht, ist sowieso alles den Bach herunter«, sagte Frank schwermütig. »Schon seit gestern. *Ich* höre heute Abend auf. Ich kann nicht mehr – nicht ohne Carsten.«

Tony sah nicht besonders überrascht aus.

»Das ist *deine* Sache«, sagte er kühl. »Darüber kannst du selber bestimmen. Aber heute Abend *musst* du spielen.«

Frank antwortete nicht. Er schaute auf seine Uhr

und sagte: »Flemming kann es immer noch schaffen.«

Dichter Tabakqualm hing im Zimmer. Zu dieser gemeinschaftlichen Leistung trug auch ich mein Scherflein bei.

»Ja, aber ...«, begann Tony.

Weiter kam er nicht. Die Tür öffnete sich, und Steffen kam herein.

Steffen Hall ist der künstlerische Leiter des Jazzcafés, und das schon seit zehn Jahren. Er ist verantwortlich für das Programm, das heißt, die Musik, und die Ansichten über seine Leistungen und seinen Einsatz sind außerordentlich gemischt. Etwa die Hälfte aller Gruppen – diejenigen, die dort spielen dürfen – hält ihn für sachverständig, musikalisch und gut informiert – gerade der richtige Mann am richtigen Ort. Die andere Hälfte – diejenigen, die nicht im Jazzcafé auftreten dürfen – findet ihn ignorant, unmusikalisch und korrupt – ein permanenter Skandal in der dänischen Musikszene.

Er begrüßte mich flüchtig und wandte sich anschließend seinem Programm zu.

»Na«, sagte er herzlich, »heute Abend wird es bestimmt hoch hergehen. Es wird einer unserer großen Abende werden. Draußen stehen mehr Leute, als wir unterbringen können.«

»Was habe ich dir gesagt?«, flüsterte ich Frank zu.

»Ihr könnt also ruhig noch eine Viertelstunde länger auf euch warten lassen«, fuhr Steffen fort. »Wir wollen vorher gerne noch die ganze Abendkasse füllen, haha. Davon leben wir alle ja schließlich.«

Tony nickte tiefsinnig. Ansonsten antwortete niemand.

»Das mit Carsten tut mir schrecklich Leid«, sagte Steffen plötzlich in einer gedämpfteren Tonlage. »Und es tut mir ebenso Leid, dass ich gestern nicht hier sein konnte – ich war in Stockholm. Er war ein großartiger Musiker.«

Diesmal war es an Frank, zustimmend zu nicken.

»Aber das Leben geht weiter, nicht wahr?«, schloss Steffen. »*The show must go on*. Sagen wir, in einer halben Stunde bis vierzig Minuten?«

Alle nickten matt im Takt.

»O. k., Kinder«, sagte der künstlerische Leiter und wandte sich zum Gehen. »Hals und Beinbruch. Wenn ihr heute Abend fertig seid, möchte ich mit euch gerne noch über ein paar weitere Engagements reden – so bald wie möglich. Wir sind erfreut, euch bei uns zu haben.«

Er ging wieder hinaus, um die Einnahmen zu zählen.

»›So bald wie möglich‹«, sagte Frank mit bitterem Spott. »Das heißt, bevor die Leute Carstens Tod vergessen haben.«

»Du lernst schnell«, antwortete ich.

»Not macht klarsichtig …«, sagte Frank.

Das war das erste Mal in zwei Tagen, dass ich ein klitzekleines bisschen Humor bei ihm entdeckte.

Wir rauchten noch ein bisschen mehr. Das Zimmer war sehr klein und fensterlos, und meine Augen brannten. Ich machte einen Abstecher in den Hinterhof, und Frank begleitete mich.

Wir standen auf den alten Pflastersteinen und genehmigten uns eine doppelte Dosis Nachtluft, während die Sterne hoch über uns zu leuchten begannen.

»Da drüben«, sagte ich und zeigte auf eine tiefe Toreinfahrt, die als Eingang zu einer älteren, kaum lebensfähigen Buchdruckerei diente, »dort standen die Musiker in den Pausen und kifften, als ich so achtzehn, zwanzig war und anfing, hierher zu kommen. Einmal habe ich Charlie Mingus gesehen ...«

Frank hörte nicht zu, also hielt ich die Klappe. Durch die Stille konnten wir ein paar kleine Bemerkungen aus der Warteschlange hören, die sich langsam auf der anderen Seite des Hauses vorwärts bewegte.

»Er war großartig.«

»Ich kenne einen, der seine Platten hat. Wir können sie gerne einmal ausleihen und auf Kassetten überspielen.«

»Die anderen sind auch sehr gut. Vor allem der Saxophonist.«

»Glaubst du, wir kommen noch rein?«

»Weißt *du*, wie viel der Eintritt kostet?«

Es klang alles in allem wie ein viel versprechender Auftakt, ein langsames Aufwärmen, das jedes Zirkuspferd veranlasst hätte, Hafersack und Wassertrog zur Seite zu stoßen, um geradewegs per Flickflack in die Manege zu wirbeln und alles zu geben.

Aber Frank sah ganz und gar nicht so aus. Er wirkte immer noch genauso gequält.

»Der letzte Job«, sagte er.

So wie er es sagte, klang es wie eine unwiderrufliche, endgültige Tatsache – so als würde man aus seinem Elternhaus ausziehen, sich scheiden lassen oder emigrieren.

O. k., so hatte sein Leben in den vergangenen Jahren ausgesehen. Packen, reisen, auspacken, spielen; packen, reisen, auspacken, spielen. Abend für Abend.

Und jetzt war es vorbei – weil es zu wehtat, das mit Carsten. Ein so genannter »abgeschnittener Lebensfaden«.

Aber verdammt noch mal – *alles* tut weh. Es tut weh, wenn man sich verliebt. Es tut weh, wenn man krank ist, wenn man alt wird, wenn man nicht so kann, wie man will. Alles tut weh. So ist das Leben eben.

Und es hilft gar nichts, darüber zu philosophieren. Philosophie hat noch nie jemandem geholfen.

Außer den Philosophen.

Sie würden einem von *uns* genauso wenig helfen können wie einem fünfjährigen Kind, dessen Hundewelpe gerade gestorben ist.

Frank drehte kleine Kreise wie ein Gefangener auf seinem knapp bemessenen Hofgang – diszipliniert, zielbewusst und schweigend.

Draußen kroch die Schlange weiter vorwärts. Ihr Geplapper wurde von einem Paar übertönt, das sich über dem Hinterhof im zweiten Stock bei geöffnetem Fenster stritt.

»*Jetzt* will *ich* dir mal was sagen …«

»Du sollst mich verdammt noch mal ausreden lassen!«

»*Du* unterbrichst mich doch immer …«

»*Ich* habe nur gesagt …«

Das Fenster wurde mit einem lauten Knall geschlossen.

Copenhagen by night.

Frank und ich sahen einander an, zuckten mit den Schultern – und gingen wieder hinein.

20

In der Musikergarderobe saßen Tony und Lene noch immer wie Statuen in derselben Haltung da, in der wir sie verlassen hatten. Eine schwere Rauchwolke entwich erleichtert durch die Küche in den Hinterhof, als wir die Tür öffneten.

»Noch zehn Minuten«, sagte Tony lakonisch.

»Ich werde es *nicht* tun!«, sagte Frank.

Er log, und er wusste es selbst. Natürlich würde er es tun. Was sonst?

Steffen Hall steckte seinen Kopf durch die Tür. »Also wir wären dann so weit, Kinder. Seid *ihr* bereit?«

»Flemming ist nicht da«, sagte Frank.

Steffen schnitt eine Grimasse. »Dann müsst ihr eben ohne ihn anfangen«, befahl er knapp. »Es ist nicht *meine* Aufgabe, dafür zu sorgen, dass das Orchester rechtzeitig hier ist. Es gibt genug Bands, die Wert darauf legen, ihre Arbeit ordentlich zu erledigen. Ich kann euch sagen, dass Dollar Brand immer eine *Stunde* vor Auftrittsbeginn hier war. Wenn ihr euren Schlagzeuger nicht im Griff habt, dann müsst ihr eben ohne ihn auskommen.«

Steffen ging wieder – dieses Mal mit einem leicht verärgerten Knallen der Tür. Diese Musiker!

Frank hatte seinen Kopf auf die Hände gestützt, anscheinend in tiefe Meditation versunken. Er glich einer dieser Abbildungen von indischen Jogis, die sich mit aller Macht ihre eigene Geburt in allen Stadien und mit allen Details ins Gedächtnis zurückrufen.

»Sollen *wir* schon mal reingehen und ein bisschen anheizen?«, fragte Tony – anscheinend ein ganz plötzliches und spontanes Aufblitzen menschlicher Anteilnahme.

»Nein«, antwortete Frank. »Einen Augenblick noch.«

Er presste seine Finger gegen die Schläfen, als würde sich dort ein zentraler Schmerzpunkt befinden, den er lokalisieren wollte und sollte, bevor er ihn mit Akupunktur behandeln konnte. Grob massierte er sich die Stirn, wie ein Mann, der sich in einer aufreibenden Situation selbst ohrfeigt, um seiner eigenen Hysterie entgegenzuwirken.

Dann stand er auf, und wir gingen alle hinein.

Ich sah es mehr, als dass ich es hörte, wie Frank etwas in Tonys Ohr flüsterte, als sie auf dem Weg zur Bühne waren, eine Strecke von zwanzig Metern, für die sie wegen der überfüllten Räumlichkeiten allerdings einige Zeit brauchten. Sie stießen und schubsten sich voran, Quadratmeter für Quadratmeter. Die Temperaturen waren mittlerweile tropisch genug, um das Hemd bis zum Bauchnabel aufzuknöpfen.

Es gab keinen einzigen freien Stuhl mehr, und hinter den Stühlen drängte sich das stehende Publikum. Ich entdeckte noch einen halben freien Platz an der Bar und klemmte mich zwischen die Leute – das Privileg einer halben Portion. Bedient wurde ich trotzdem.

Sidney Bechet und Charlie Parker schauten von ihren Postern an den Wänden direkt in meine Augen. Beide sahen unendlich melancholisch aus. Sie sahen aus, als ob sie alles schon kannten, die ganze verdammte Geschichte, das Leben oder wie man es auch immer nennen will, und als ob sie sich wünschten, dass sie es nicht täten, aber sich trotzdem im Klaren darüber waren, dass es kein Zurück mehr gab.

Frank war auf die Bühne getreten, langsam und gelassen nahm er seinen großen, wuchtigen Bass auf und baute sich mit ihm auf. Er trug ihn zu seinem Mikrofon hinüber und begann, einen rollenden, hypnotisch monotonen Rhythmus zu zupfen: da-da, da-da, da-da-da …

Das war Frank, und das war der Bass als Instrument. Der Puls. Derselbe Puls, der schon immer Menschen jeder Art und Hautfarbe angezogen hatte, seit der erste Medizinmann vor tausenden von Jahren mit einem ausgekugelten Oberschenkelknochen auf einem eroberten Schädel herumgetrommelt hatte.

Es funktionierte auch jetzt. Ein drahtloser Impuls sprang von Stuhl zu Stuhl und stoppte das allgemeine Geplauder. Alle Gesichter wandten sich der Bühne zu.

Tony und Lene waren noch nicht herausgekommen. Frank spielte allein.

Es heißt, der Bass sei kein Soloinstrument.

Es wird so viel geredet. Es hatte auch geheißen, dass das Sopransaxophon nichts als ein Zirkusinstrument sei – bis Sidney Bechet kam.

So wie Frank gerade spielte, *war* der Bass ein Soloinstrument. Oder – besser gesagt – ein Gemeinschaftsinstrument, denn der Puls ist nun einmal etwas, das *allen* lebenden Menschen – mitsamt vielen anderen Wesen – gemeinsam ist.

Sogar der Barkeeper hörte zu.

Frank begann zu sprechen, wobei er weiter denselben zähen Bassrhythmus hielt.

»Gestern«, sagte er langsam und getragen, »starb – wie die meisten von euch wissen – der Gitarrist Carsten Friis. Wir, die wir mit ihm zusammen gespielt haben, möchten gerne mit einem Requiem seiner gedenken.«

Er griff nach dem Bogen, unterbrach seinen Rhythmus und strich langsam und pathetisch ein altes Kirchenlied. Es klang wie »Sei gegrüßt, Erlöser und Versöhner«, aber auch ein bisschen nach *Didn't he ramble* – oder wie alle anderen Begräbnishymnen überall und zu jeder Zeit auf der ganzen Welt klingen, ganz gleich, in welcher Sprache.

Tony trat auf und durchschnitt die Atmosphäre mit einem klagenden Saxophonton, der die Freiräume in Franks Spiel ausfüllte, ohne es zu übertönen. Er blies zarter und zerbrechlicher, als ihm normalerweise lieb war, und das stand ihm gut. So ist die Musik.

Sein Gegenspiel munterte Frank auf. Wenige Minuten später spielten sie unisono Carstens Thema. Seine alte Melodie, die schon immer – egal, wann und in welcher Formation er gerade spielte – einfach nur »Carstens Solo« genannt worden war. Dieselbe, die ich gestern Nachmittag auf dem Weg durch die Købmagergade gehört und sofort wiedererkannt hatte.

Nachdem sie das Thema zweimal durchgespielt hatten, ertappte ich mich dabei, wie ich mitsummte. Und warum sollte ich das nicht tun? Ich war selbst dabei gewesen, als Carsten anfing, es zu entwickeln.

Aber ich war nicht der Einzige, der mitsummte. Die ganze Bar machte mit.

Carstens leibliche Beerdigung würde vielleicht in ein oder zwei Tagen stattfinden, wenn es den Behörden und den Anwälten gelungen sein würde, die richtigen offiziellen Papiere auszufüllen, die die Voraussetzung dafür waren, den Sargdeckel zuzunageln, doch seine eigentliche Beerdigung wurde hier und jetzt vollzogen, mit dem Priester und den Sargträgern, die er sich selber gewünscht hätte.

Dr. med. dent. Friis hätte das kaum verstanden. Die Entfernung zwischen Vater und Sohn kann manchmal sehr groß sein.

In fünfzehn bis zwanzig Jahren wäre ich dann an der Reihe.

Frank gab Tony ein Zeichen. Tony zog sich ein wenig an den linken Bühnenrand zurück, und Frank begann, Carsten zu spielen. Er spielte nicht nur seine Melodie, nein, er spielte sein Solo. Carstens persönliches, virtuoses Gitarrensolo, sein Markenzeichen – auf dem Bass! Ton für Ton!

Ich weiß nicht, wie viele es wiedererkannten.

Ich jedenfalls tat es. Was aus Franks Bass sprach,

waren die zwanzig Jahre, die er zugehört hatte, ohne dass es ihm langweilig geworden war. Zwanzig Jahre Liebe, um es geradeheraus zu sagen. Mit einer Genauigkeit reproduziert, die nicht die kleinste Sechzehntelnote, nicht das geringste Vibrato verloren gehen ließ.

Im Saal war es so still, wie es sonst nur selten ist, so still, dass man ein Motorrad mit defektem Auspufftopf draußen vorbeihusten hören konnte. Ein Motorrad, das rücksichtsvollerweise just im richtigen Augenblick in den Rhythmus einfiel und in einem Fading verschwand.

Selbst diejenigen, die weder wussten noch hörten, was hier vor sich ging, konnten den anderen ansehen, dass etwas Besonderes geschah.

Die Hitze war unerträglich. Die Luft im Saal stand vollkommen still, als würde niemand auch nur zu atmen wagen.

Frank beendete Carstens Solo mit genau jener abrupten Coda, die Carsten so liebte, das vollkommen überraschende Ende, swisssch!, und glitt in sich selbst zurück, wurde wieder zu Frank und spielte seinen soliden, zuverlässigen Rhythmus – ein Zeichen für Tony, wieder in die Mitte zu treten und das Thema unisono zu beenden.

Der anschließende Beifall war enorm.

»Ja, hol mich doch der Teufel!«, sagte eine Stimme vertraulich in mein Ohr. »Ich hätte nie gedacht, dass *so etwas* in ihm stecken könnte!«

Es war Steffen Hall, und er sprach von Frank.

»Heute Abend schon«, antwortete ich.

»Man sagt, dass er aufhören will«, sagte Steffen.

»Das sagt er selbst.«

»Das ist doch idiotisch – gerade jetzt!«

Darauf konnte man keine vernünftige Antwort geben.

Erst als ich vorwurfsvoll meine Uhr betrachtete, wurde mir klar, dass Frank eine ganze halbe Stunde gespielt hatte und mittlerweile dabei war, den Bass abzulegen.

»Zur Erinnerung an Carsten«, sagte er. »Wir sind in einer Viertelstunde wieder da.«

Dann bahnte er sich einen Weg nach draußen, stolperte dabei wie ein Blinder über diverse Stühle, Knie und Schuhe, wobei ihm von bekannten wie unbekannten Händen auf Rücken und Schultern geklopft wurde.

Ich leerte mein Bierglas und folgte ihm in die Musikergarderobe. Der Schweiß lief ihm nur so hinunter. Sein Hemd war durchnässt.

»Ich habe nicht gewusst, ob ich es wirklich können würde«, sagte er nur, als er sich schwer auf den Stuhl sinken ließ und sich die Schweißrinnsale aus dem Gesicht wischte.

»Du konntest«, antwortete ich lakonisch.

Einen Augenblick später kam Steffen herein und klopfte ihm im Namen des Hauses auf die Schultern. Noch einen Augenblick später kam Tony mit einem ganz neuen Funkeln in den Augen hinzu und drückte ihm die Hand.

»Klasse. Und jetzt?«, fragte er praktisch.

»Das Übliche«, sagte Frank. »Wie wir es immer machen.«

»Ohne Schlagzeug?«

»Ohne Schlagzeug.«

Tony hatte keine Einwände, jedenfalls nicht hier

und jetzt. Es war Franks Abend. Frank allein hatte das Sagen.

Ich schlich mich erneut am südländischen Koch vorbei und in den Hinterhof hinaus. Inzwischen war es dort still geworden – so still, dass man irgendwo in der Nähe einen einzelnen Spatzen seinen blauen Blues pfeifen hören konnte. Das streitende Paar war sich offenbar gegenseitig in die Arme gesunken, erschöpft von der Zankerei. Oder vielleicht war die Streiterei ja *ihre* Art, in die Gänge zu kommen. Die Menschen sind, wie einer meiner verstorbenen Verwandten regelmäßig zu bemerken beliebte, *sehr* verschieden.

Jener Verwandte sagte es so, als handele es sich dabei um eine tiefe Einsicht, die er erst nach schweren Mühen und arktischen Entbehrungen hatte gewinnen können. So verhielt es sich möglicherweise auch.

Es war immer noch ein milder Sommerabend, einer der wenigen, die uns Kopenhagenern zu erleben vergönnt ist. Einer dieser Abende, an denen man nicht gerne einsam durch die Straßen geht.

Ich hätte nach Århus fahren können. Jetzt auf der Stelle.

Nein, das konnte ich nicht. Ich saß fest.

Am Bladet und am Fall.

Ich saß fest – wie alle anderen.

Und außerdem würde Gitte morgen nach Hause kommen.

Wie Frank es auch getan hatte, begann ich in dem kleinen Hinterhof, wo ich einst Charlie Mingus in der Toreinfahrt hatte stehen sehen, im Kreis zu wandern. Besteht nicht das Leben selbst auch aus solchen Kreisen?

Steffen Hall kam zu mir heraus.

»Da ist ein Anruf für dich«, sagte er. »In der Küche. Es ist die Polizei. Sie sagen, dass es wichtig sei. Und die Band fängt wieder an zu spielen.«

»Danke«, sagte ich.

Während der Koch energisch eine Pfanne auskratzte, griff ich nach dem Hörer. Es war Ehlers, natürlich.

»Ich weiß, was du mich fragen willst«, sagte ich. »Nein, Flemming ist nicht hier. Er ist nicht aufgetaucht – jedenfalls bis jetzt noch nicht.«

»Das weiß ich selber«, antwortete Ehlers mit demonstrativer Übellaunigkeit. »Er ist hier bei mir.«

»Wo habt ihr ihn aufgegabelt?«

»Das werde ich dir sagen, wenn du hier bist.«

»Ich komme sofort. Soll ich die anderen beruhigen?«

»Womit? Sag niemandem irgendetwas. Er ist tot.« Ehlers legte den Hörer auf.

Dritter Teil

21

Ich ging wieder in den Hinterhof hinaus, ohne irgendjemandem ein herzliches Lebewohl zu sagen. Von drinnen hörte ich das beginnende Murmeln der Instrumente, die ersten tastenden Töne und die langsam eines nach dem anderen ersterbenden Gespräche im Publikum.

Ein liebenswürdiges Taxi brachte mich schnell zum Halmtorvet. Nichts mit »Zeit genug zum Gehen« in diesem Fall. Jetzt eilte es – besonders wenn wir Flemming noch in der morgigen Ausgabe des Bladet unterbringen wollten.

Und das wollten wir.

Der Halmtorvet lag ausnahmsweise so verlassen da wie eine Großstadt nach einem Fliegerangriff. Die Razzia hatte ihre Wirkung getan.

Zumindest für ein paar Stunden.

In Ehlers Büro saßen nur er selbst und Kaspersen und sahen sich mit denselben leeren und ausdruckslosen Augen an.

»Guten Abend«, sagte ich. »Raus mit der Sprache, na los!«

Ehlers nickte zu Kaspersen hinüber.

»Er hat die Leiche gefunden«, sagte er in einem Tonfall, als wäre das alles nur Kaspersens Schuld. Er hätte doch einfach unterlassen können, durch die Gegend zu rennen und zur Unzeit Leichen zu finden, das wäre doch nicht zu viel verlangt gewesen.

Ich fragte – wie man es von tüchtigen und pflichtbewussten Journalisten erwarten konnte –, wann und wie er sie gefunden hätte.

Es stellte sich heraus, dass die Angelegenheit ebenso einfach wie theatralisch tragikomisch war. Vor einer halben Stunde hatte er auf seinem planmäßigen Heimweg nach getaner Arbeit Gesellschaft von einem blutjungen Polizeibeamten bekommen, der – beflissen, sich noch mehr in seine Aufgabe einzuarbeiten – gerne die Stelle sehen wollte, an der man Harry Hammers Leiche gefunden hatte. Kaspersen hatte den Grünschnabel bereitwillig in den Hinterhof und zu den Müllcontainern geführt – wo sie, an derselben Stelle, die neue Leiche gefunden hatten.

»Einen Moment lang glaubte ich, ich hätte Halluzinationen«, sagte Kaspersen. »Dann schloss ich die Augen und zählte bis zwanzig und schaute wieder hin, und als sie immer noch dalag …«

Diese Leiche hatte sich indessen als so vernünftig und umsichtig erwiesen, ihre persönlichen Papiere bei sich zu tragen, was die Identifikation erleichtert hatte. Kaspersen hatte also umgehend nach einem Krankenwagen telefoniert, während sich der junge Kollege – dessen Namen er diskreterweise zu nennen vermied – in den Hinterhof erbrochen hatte.

»Es war seine erste Leiche«, erklärte Kaspersen, loyal, ihn entschuldigend.

»Was war die Todesursache?«, fragte ich.

»Dieselbe wie letztes Mal.«

»Ein Messer?«

»Ein Messer.«

Ehlers seufzte lautstark.

»So. Damit muss es also einen Zusammenhang geben«, sagte er. »Ganz im Gegensatz zu der Möglichkeit, die wir vorhin in Betracht gezogen hatten. Zwei Musiker aus demselben Orchester – und zwei Menschen, die exakt am selben Ort erstochen werden. Das *können* nicht zwei verschiedene Fälle sein, und es *kann* auch kein Missverständnis sein – nicht *dieses* Mal.«

»So viel wissen wir jetzt immerhin.«

»Das trifft es genau.«

»Und was habt ihr bei den Vernehmungen nach der Gaslight-Razzia herausgefunden?«

»Nichts anderes als dass Harry tatsächlich ein Dealer war – aber nur ein Unter-Dealer, ein Laufbursche, ein Mittelsmann für irgendjemanden, den sie entweder nicht kannten oder den zu kennen sie nicht zugeben wollten –, was bedeutet, dass es jemand mit einer gewissen Macht ist, einer der *großen* Hintermänner.«

»Tja, und dann haben wir noch herausgefunden, dass Täto-Tom ›ein enger Freund‹ von Harry war. Mehr wollte niemand preisgeben. Ich gehe davon aus, es soll bedeuten, dass sie Partner waren, auch geschäftlich, aber mehr auch nicht – bis jetzt jedenfalls nicht.«

»Da scheint irgendjemand mit allen Mitteln verhindern zu wollen, dass herauskommt, woher Friis seinen Stoff bezogen hat«, sagte Kaspersen. »Zuerst wird der Verkäufer liquidiert und dann der Überbringer. Und damit ist das Problem erledigt.«

»Verdammt effektiv. Falls es stimmt.«

»Darf ich darüber schreiben?«

Die klassische Frage. Ehlers überlegte.

»Tja«, sagte er. »Du bekommst ja so langsam eine gewisse Übung, was Musiker-Nachrufe betrifft.«

»Wenn es in demselben Tempo weitergeht«, antwortete ich, »könnte ein nicht unbedeutender Anteil der jugendlichen Arbeitslosen demnächst zu Musikern umgeschult werden. Hatte er übrigens etwas dabei?«

»Nicht das, was du denkst. Keinen Stoff. Nichts außer seiner Brieftasche mit ein paar Hundertern, seinen Schlüsseln und einem Paket Zigaretten. Er selber war auch nicht drogenabhängig – genauso wenig wie Harry oder Täto. Keiner von ihnen hatte auch nur einen einzigen Einstich.«

»Das ist doch klar. Wenn man Drogensüchtige ausbeuten will, ist es wenig dienlich, selber einer zu sein.«

»Mir ist es zwar auch schon untergekommen, aber du hast Recht, es ist wirklich selten.«

Ich holte tief Luft, zündete mir noch eine Zigarette an und wünschte mir, dass ich einen Drink in der Hand hätte. Aber Drinks sind definitiv nicht gerade eine Spezialität der Polizei. In Ehlers' Büro war mir in der Tat noch nie einer begegnet.

»Wo ist die Leiche jetzt?«, fragte ich routinemäßig. Wenn einen alles andere im Stich lässt, beispielsweise die Möglichkeit, einen Drink zu bekommen, muss man sich an seine Routinen klammern. Das ist dann alles, was bleibt.

»Zur Obduktion – nur zur Sicherheit.«

»Habt ihr die Familie schon unterrichtet?«

»Wir sammeln gerade Kräfte für dieses Unternehmen – inoffiziell natürlich. Das ist der schlimmste Teil der Arbeit.«

»Zehnmal schlimmer, als die Leiche zu finden«, fügte Kaspersen im Brustton der Überzeugung hinzu.

»O. k., danke«, sagte ich und stand auf, um mich zum Bladet zu begeben. »Nett von euch, dass ihr angerufen habt.«

»Eines Tages«, sagte Ehlers, »wird der gesamte Rest der Presse über uns herfallen, weil die neuesten Polizeimeldungen immer zuerst im Bladet stehen.«

»Wenn das geschehen sollte«, antwortete ich, »wird das Bladet euch mit allen verfügbaren Mitteln verteidigen.«

Ich fragte mich, ob es das wirklich tun würde.

Unser Abschied war kraftlos. Die beiden Polizisten sackten wieder in ihren Stühle zusammen und gaben sich einem allgemeinen Grübeln hin. Ich wünschte ihnen alles Gute für ihr Grübeln. Sehr viel mehr konnte ich nicht für sie tun.

Bevor ich mir ein Taxi suchte, rief ich Schnoor aus einer Telefonzelle an, um ihn kurz zu informieren. Zu behaupten, dass er hingerissen war, wäre eine Untertreibung gewesen – sein Zustand hatte sich einem euphorischen Enthusiasmus genähert.

»Glänzend!«, sagte er. »Schreib den Artikel so schnell wie möglich.«

Eine Hyäne, so hatte Frank es ausgedrückt. Vielleicht nicht zu Unrecht. Aber ist überhaupt irgendein Mensch mehr Hyäne als ein anderer?

Auch ich musste meinen Hyänendienst leisten – und der Job der Hyäne ist es aufzuräumen.

Ich ging in mein kleines Büro hinauf und räumte auf. Zwei Messerstecherdramen an einem Tag, das sollte für die Titelseite reichen – ganz gleich, was wir sonst noch hatten – vorausgesetzt, dass weder Ihre Majestät ihre Garderobe aktualisiert noch die Nationalmannschaft ein Spiel gewonnen hatte.

Zwei Leichen. Noch dazu am selben Müllcontainer! »Der Hinterhof des Todes!«

Ich schickte einen Fotografen los, damit er Bilder vom Tatort schoss. »Hier fanden zwei junge Männer ihr brutales Ende, umgebracht von einem unbekannten Täter …«

Ich setzte mich hin und legte eine Atempause ein. Die Ereignisse begannen sich gerade zu beschleunigen. In jedem Mordfall kommt einmal die Zeit, wo alles plötzlich viel zu schnell passiert, in der Regel gerade dann, wenn sich zuvor tagelang scheinbar überhaupt nichts getan hat.

Aber es ist eigentlich nur die Wucht der Ereignisse, das Tempo, in dem sich die Wahrnehmungen verändern, die ein verändertes Zeitgefühl verursachen. Nüchtern betrachtet waren seit Carstens Tod gerade einmal anderthalb Tage vergangen.

Anderthalb Tage sind keine allzu lange Zeit. Und gleichwohl kann einem in dieser Zeit eine Menge widerfahren.

Zum Beispiel der Tod.

Allein der Gedanke daran ließ mich unmittelbar zum Hörer greifen und Gitte anrufen.

»Hallo«, klang ihre Stimme vom anderen Ende

Dänemarks zu mir herüber. »Habt ihr die Probleme gelöst?«

»Nein. Es sind noch welche dazugekommen. Eins jedenfalls. Wie geht es euch?«

»Gut. Wir werden wohl morgen Nachmittag nach Hause kommen. Aber Papa möchte gerne noch mit dir sprechen – *jetzt*. Er hat nur darauf gewartet, dass du anrufen würdest.«

»Hat das irgendetwas mit Hochzeitsplanungen zu tun?«

»Ganz und gar nicht. Es geht um den Fall, an dem du gerade arbeitest. Er hat eine Idee oder vielleicht eine Information, aber er möchte es dir gerne selbst sagen. So wird er wenigstens einmal deine *Stimme* hören können, sagt er.«

»Wenn er so scharf auf Stimmen ist, dann sollte er sich lieber die von Billie Holiday oder Frank Sinatra anhören. *Meine* ist keine, die die Mühe wert ist.«

»Ich gebe ihn dir jetzt trotzdem.«

»O. k.«

Mein werdender Schwiegervater nahm den Hörer. Er besaß jedenfalls eine angenehme Stimme. Tief, wohl moduliert und Vertrauen erweckend, die Stimme eines Mannes, der weiß, wie der Hase läuft. Genau die autoritätsschwangere, verantwortungsvoll seriöse Stimme, die einem besonders prominenten Rechtsanwalt mit zahllosen Vertrauensposten gebührt. Wahrscheinlich lebte er von dieser Stimme.

»Aufgepasst, junger Mann«, sagte er. »Ich werde es kurz machen, da ich weiß, dass Sie arbeiten müssen ...«

»Junger Mann!« »Sie!«

Well, Schwiegerväter haben anscheinend ein Geburtsrecht darauf, so mit ihren Schwiegersöhnen zu reden.

»Aber ich musste an diesen Fall denken, an dem Sie gerade arbeiten«, fuhr er fort. »Wegen Carsten Friis. Ich besitze Informationen, die Sie vielleicht interessieren könnten – oder die Polizei, zu der Sie ja, soweit ich das verstanden habe, Verbindungen haben.«

»Ja?«, sagte ich höflich.

»Wenn dieser Friis eine Woche länger gelebt hätte, wäre er Millionär geworden.«

»*Was?*«

»Wenn Carsten Friis eine Woche länger gelebt hätte, wäre er Millionär geworden.«

Die Stimme wiederholte sich geduldig. Diese Stimme war es gewohnt, sich zu wiederholen.

»Inwiefern?«

»Es gab da einen kinderlosen Onkel, Joachim Th. Friis, ehemaliger Direktor der Århuser Trabrennbahn sowie Hauptaktionär einiger jütländischer Baufirmen, deren Namen *Sie* kaum interessieren dürften. Joachim Friis ist vor zwei Jahren gestorben und hatte vernünftigerweise ein ausführliches und detailliertes Testament verfasst, als dessen Vollstrecker ich fungiere – wir saßen gemeinsam in zahlreichen Aufsichtsräten. In diesem Testament hinterlässt er einen Teil seines Vermögens – einen nicht unbeträchtlichen Teil – seinem Neffen, nachdem er zunächst eine lange Reihe von Stiftungen für langjährige Mitarbeiter, lokale Institutionen und eine Anzahl wohltätiger Organisationen ausgestattet hat.«

»Wenn seit seinem Tod zwei Jahre vergangen sind ...«

»Dann fragen Sie sich, warum der Neffe erst in einer Woche zum Millionär geworden wäre, nicht wahr, statt direkt danach. Ich werde es Ihnen erklären: Der größte Teil des Vermögens ist seit dem Todesfall gebunden gewesen, weil – ich möchte allerdings ungern in diesem Zusammenhang auf vertrauliche geschäftliche Details eingehen – er einen notwendigen unverhandelbaren Teil jenes Kapitals darstellte, das in den Zusammenschluss mit einer noch größeren Baufirma fließen sollte. Dieser Zusammenschluss – beinahe eine Art Lebenstraum von Friis, den er als unbedingten Wunsch in sein Testament aufgenommen hatte – erforderte eine Reihe juristischer und ökonomischer Formalitäten und Maßnahmen, die diese Zeit in Anspruch genommen haben. Es war ein komplizierter Vorgang, und mit den Einzelheiten möchte ich *Sie* nicht ermüden, aber die Papiere in dieser Angelegenheit befinden sich in meinem Besitz, falls die Polizei den Wunsch hat, sich mit mir in Verbindung zu setzen.«

»Wusste Carsten davon?«

»Selbstverständlich, junger Mann. Es ist ein unerlässlicher Teil unserer Vorgehensweise in einer solchen Situation, dass wir die Erben umgehend über die Bedingungen in Kenntnis setzen. Er war über alles informiert, sowohl über den Betrag als auch über die Bedingungen – womit ich natürlich die Wartezeit meine.«

»Und wem fällt das Erbe jetzt zu?«

»In diesem Fall dem oder den Erbberechtigten

von Carsten Friis. Wissen *Sie* vielleicht, ob er Kinder hatte?«

»Ja. Nein.«

»Wie meinen Sie?«

»Entschuldigung. Ich meine, ja, ich weiß, ob er Kinder hatte. Und ich meine, nein, er hatte keine.«

»War er verheiratet?«

»Nein.«

»Geschwister?«

»Einzelkind.«

»Eltern?«

»Nur der Vater lebt noch.«

»Dann erbt *er*. Aber ich dachte, dass dieser Sachverhalt möglicherweise für die Polizei von Interesse wäre.«

»Da haben Sie Recht. Da haben Sie sogar mehr als Recht. Ich werde sofort Polizeiinspektor Ehlers davon in Kenntnis setzen. Wenn Sie vielleicht noch eine Viertelstunde aufbleiben könnten, wird er Sie, glaube ich, noch zurückrufen.«

»Das werde ich tun. Ich wollte bloß *Sie* zuerst unterrichten. Wenn ich meine Tochter richtig verstanden habe, dann war dieser unglückliche junge Mann früher einmal ein Freund von Ihnen – und schließlich gehören Sie ja auch bald zur Familie, nicht wahr?«

»Das hoffe ich.«

»Ich auch. Auf Wiedersehen.«

Ich legte den Hörer auf. Ich war dermaßen verdattert, dass ich sogar vergaß, Gitte eine gute Nacht zu wünschen.

Vielleicht hatte ich mit meinem Schwiegervater mehr Glück, als ich je zu träumen gewagt hatte. Er wirkte in gleichem Maße vernünftig, klar und diplomatisch – drei Punkte, bei denen ich (wie Gitte unzweifelhaft betont hätte, wäre sie jetzt zur Stelle gewesen) noch viel von ihm lernen konnte.

Außerdem besaß er ein feines Gespür dafür, wen man wann anrufen sollte.

Erneut griff ich nach dem Telefon. Dieses Mal – wie so viele Male zuvor zu solch einer nachtschlafenden Zeit –, um Ehlers anzurufen.

Eine Hand wäscht die andere – wie man in gewissen Kreisen zu sagen pflegt.

22

Im selben Augenblick, als ich nach dem Hörer griff – schon wieder einmal –, überfiel mich das Gefühl, das die japanischen Buddhisten *satori* nennen: eine plötzliche Einsicht in die abstoßende Beschaffenheit der Welt.

Hier saß ich nun und telefonierte.

In meinem Büro.

Und in den Büros um mich herum, auf den benachbarten Fluren saßen die anderen Mitarbeiter des Bladet und telefonierten. Jeder, der jetzt noch anwesend war, telefonierte mit irgendjemandem – damit jeder seinen Artikel noch in der morgigen Ausgabe unterbringen konnte.

Alle Menschen, so stellte ich mir vor, saßen gerade da und telefonierten. Im ganzen Land. In der ganzen Welt.

Und wofür?

Um zu organisieren.

Um was zu organisieren? Das abgrundtiefe unmögliche Chaos, das wir in Ermangelung eines besseren Wortes »Das Leben« nennen. Welches wir »leben« – in Ermangelung besserer Möglichkeiten.

Noch während ich die Nummer der Polizeistation auf dem Halmtorvet wählte – eine der wenigen Nummern, die ich auswendig wusste, eine der Nummern, die die Eckpunkte *meiner* bescheidenen Existenz bildeten – die Polizei, das Bladet, Gitte und der Weckdienst –, wusste ich schon, wie überflüssig es war. Wie überflüssig alles war, was wir taten.

Ich sah Ehlers vor mir. Ich sah sein Büro vor mir, angefüllt mit all seinen Aktenordnern mit Berichten von längst erledigten Fällen, die allein aus dem Grund dort herumstanden und Staub ansammelten, weil ja irgendjemand zu irgendeinem Zeitpunkt mit voller juristischer Rückendeckung »Akteneinsicht« in einen alten, abgehalfterten Fall fordern könnte. Einen Fall, in dem die Betroffenen schon seit langer Zeit tot und begraben waren.

Mir wurde klar, dass Ehlers einer der Menschen war, zu denen ich schon immer die größte Zuneigung empfunden hatte. Und wie hat das Leben Ehlers mitgespielt? Ehlers, einem moralischen, ehrenhaften, vernünftigen, ja, geradezu liebevollen Menschen?

Es hat ihn in einen kleinen viereckigen Raum gesteckt, der sich »Büro des Inspektors« nennt. Es hat mit Bedacht dafür gesorgt, dass er nur selten jene Familie zu Gesicht bekommt, die ihm über alles geht. Und es hat ihm eingeredet, dass er, wenn er sich dort aufhält, den Interessen seiner Familie dient – indem er Geld verdient, welches die Finanzbehörden ohnehin aus einem anderen Büro beziehen, in dem ein anderer gewissenhafter, ehrenhafter und moralischer Ehlers sitzt und ausrechnet, wie viel oder wie wenig Ehlers' Familie von seinem Gehalt behalten darf.

Verkrampftheit, Quadratschädeligkeit. So lauten die Bedingungen für jeden Job.

Aber ich selbst saß auch in einem Büro, in meinem eigenen kleinen Viereck. Und mein Schwiegervater hatte gerade angerufen – aus *seinem* kleinen Viereck.

Meine Hand schwebte zögernd über dem Telefon.

War es die Mühe wert? War überhaupt etwas die Mühe wert? Ein paar Menschen waren gestorben, aber früher oder später wären sie sowieso gestorben.

Warum sollte man sich damit abgeben? Warum sollte man sich überhaupt mit irgendetwas abgeben?

Und warum die ganzen Aktenordner?

Mir fiel nur eine Antwort dazu ein: Gitte.

Das war *meine* Antwort, und sie war ehrlich genug, aber es war eine schlechte Antwort. Sie hatte weder die Büros und Aktenordner erfunden noch dieses System aufgebaut. Allerdings war sie der Grund dafür, dass ich mich dort hineinbegeben hatte, genauso wie sich Ehlers wegen *seiner* Familie damit herumplagte. Sogar Schnoor hatte bestimmt jemanden – wie unwahrscheinlich der Gedanke auch scheinen mochte –, für den er es tat oder für den er glaubte, dass er es tat.

Ganz zu schweigen von Harry Hammer.

Es ging niemanden etwas an, was und für wen und warum und wann. Die gesamte menschliche Existenz ist eine riesige Verschwendung von Ressourcen – von Möglichkeiten, die auf eine andere Art genutzt werden sollten, als voneinander zu leben, sich gegenseitig zu entlarven, zu vögeln, zu betrügen, auszuziehen und zu verkaufen – tot oder lebendig.

Wahrscheinlich war ich einfach nur alt und erschöpft.

Doch bevor ich die Nummer wählen konnte und während ich immer noch versunken war in diese Gedanken – wenn das nicht schon ein zu großes Wort war für diese todesgleiche depressive Verzweiflung, die von meinem Bewusstsein Besitz ergriffen hatte –, kam der Redaktionsbote zu mir herein.

»Ihre Korrekturfahnen«, sagte er.

»Danke«, sagte ich.

Und ich legte den in der Luft schwebenden Hörer wieder auf und unterbrach meinen Gedankengang – wie es alle Menschen tun, wenn sie jemanden abfertigen müssen, und sei es nur der Postbote oder der Stromableser –, was möglicherweise einer der Gründe dafür ist, dass die Menschheit nie weiter gekommen ist als bis zu ihrer bevorstehenden Selbstauslöschung.

Flemming war tot, und ich hatte ihn nicht einmal richtig gekannt. Aber ganz gleich, wie er gestorben war, ganz gleich, wer er war, er besaß doch das Anrecht auf einen Nachruf.

Und ganz gleich, wie egal es ihm sein würde – steif und zurechtgemacht beim Leichenbestatter in der Kühlbox liegend, mit seinem roten Haar, das nach den Erkenntnissen der Wissenschaft auch nach dem Tod noch weiterwuchs –, seine Mutter würde sich darüber freuen, dass es überhaupt einen Nachruf gab.

Und *meine* Miete ließe sich damit bezahlen.

Hyänen?

In aller Bescheidenheit begann ich, das Lied zu summen, das Carsten, Frank und ich seinerzeit so oft zusammen gespielt und gesungen hatten – *Just a gigolo:*

Schöner Gigolo,
armer Gigolo,
Denke nicht mehr an die Zeiten,
Wo du als Husar,
Goldverschnürt sogar,
Konntest durch die Straßen reiten.
Uniform passee,
Liebchen sagt adieu,
Schöne Welt, du gehst in Fransen.
Wenn das Herz dir auch bricht,
Zeig ein lachendes Gesicht.
Man zahlt, und du musst tanzen.

Mir wurde klar, dass der Gaukler – der kleine Gigolo – kein anderer war als ich.

Mir wurde klar, dass *jeder* dieser Gaukler war.

Na und?, werden Sie jetzt fragen. Und Sie hätten vollkommen Recht. Na und? Die Korrekturfahnen mussten trotzdem durchgesehen werden.

Ich beugte mich einen Augenblick lang darüber, bevor ich Ehlers anrufen wollte. Ich überflog die Überschrift.

Sie war nicht von mir.

Die Schlagzeile lautete:

Rosa ist die Modefarbe des Jahres

Der Bote hatte die Abzüge verwechselt. Es war die tägliche Kolumne unserer Mode-Mitarbeiterin Bibbie. Auch Bibbie saß in ihrem Viereck. Bei ihr ging es nicht darum, welche Musiker wann und wie ermordet worden waren. Bei ihr ging es um die »Modefarbe des Jahres«. Und wenn es dieses Jahr Rosa war, dann würde es nächstes Jahr eine andere Farbe sein. So sah *ihr* Leben aus. Rosa, Gelb, Grün, Pink, Ultramarin, Weiß, Schwarz, Orange, Bordeaux, Taubenblau – und wieder von vorn. Und wieder und wieder.

Jedes Jahr legen ein paar Idioten fest, was die »Modefarbe des Jahres« werden soll. Jedes Jahr schreiben einige tausend Idioten – verteilt über die ganze Welt, beim Bladet haben wir nur eine davon, aber es gibt ja viele Bladets –, was jetzt angesagt ist. Und jedes Jahr glauben ihnen einige Millionen Idioten. In angemessenen Abständen wechselt man also die Farben, und die Röcke werden entweder ein bisschen breiter oder ein bisschen schmaler, und die Hemdkragen ändern ihre Größe um ein paar Millimeter.

Mein Leben würde weder besser noch anders aussehen, wenn ich ein rosa Hemd oder einen rosa Schlips trüge.

Kein Leben würde das.

Ich war froh, dass ich Gitte begegnet war. Ich war froh, dass sie keine Bibbie war.

Ich ging zu meinem hübschen, grauen, standardisierten Papierkorb hinüber – der nach langwierigen gewerkschaftsmäßigen Verhandlungen mit dem Betriebsrat zur Ausstattung aller Büros des Bladet gehörte – und kotzte hinein.

Nicht weil mir schlecht war. Nicht weil ich mich über irgendetwas oder irgendjemanden aufregte.

Einfach nur wegen des *Lebens.*

Dann rief ich in Bibbies Büro an und fragte, ob wir unsere Korrekturfahnen tauschen könnten.

Sie fragte, ob es nicht etwas anderes und Lustigeres gäbe, das wir tauschen könnten.

Ich erklärte ihr, dass ich bald ein verheirateter Mann sein würde und mein Anliegen rein sachlicher Natur sei.

Mode-Mitarbeiter *müssen* einfach so sein.

Als mich meine eigenen Korrekturfahnen erreicht hatten, kotzte ich noch einmal. »Die Modefarbe des Jahres« oder »Die Leiche des Tages«, das war der Unterschied zwischen Bibbie und mir. Und dieser Unterschied war durchaus überschaubar.

Und zwar: eine Spalte.

Einen Augenblick lang überlegte ich, ob es nicht das Klügste wäre, eine Lösung zu finden, die auf dasselbe hinausliefe wie die von Flemming und Carsten: zu verschwinden. Einfach zu sterben.

Dann verwarf ich diesen Ansatz. Ich hatte nämlich, was weder Carsten noch Flemming hatten – und was (wo wir schon einmal dabei sind) weder

Ronald Reagan, Margaret Thatcher, L. Ron Hubbard oder Lech Walesa hatten – Gitte.

O. k.

Mehr als das.

Es dauerte wahrscheinlich, nachdem ich den Hörer zuerst in die Hand genommen hatte, nur ein paar Minuten, bis ich schließlich Ehlers' Nummer wählte, aber es fühlte sich an wie ein Dutzend Jahre. Ich fühlte mich, als hätte ich so etwas Ähnliches wie ein ganzes Leben durchlebt.

Andererseits: Wer hatte das nicht? Kennt irgendjemand jemanden, der das nicht hat?

Ehlers nahm den Bescheid entgegen, während er unüberhörbar nach wie vor stur vor seinen zurückgebliebenen Aktenordnern saß. Trotzdem war er interessiert.

»Da hol mich doch der Teufel!«, sagte er.

»Der holt sowieso alles«, antwortete ich.

Es gab keinen drängenden Grund, näher zu erläutern, was ich damit meinte. Er fragte auch nicht.

»Das rückt den Fall ja in ein ganz anderes Licht«, sagte er.

»Ja«, sagte ich. »Wie Recht du doch hast.«

»Was ist denn mit dir los?«

»Nichts. *It's life and life only*, wie Bob Dylan einst gesungen hat.«

»Ich dachte, du wärst zu alt für Bob Dylan.«

»Vielleicht. Aber nicht zu alt für *life*.«

»Dir geht es nicht gut.«

»Nein. Dir etwa?«

»Warum?«

»Geht es überhaupt jemand gut?«

»Frag die Psychiater. Ich bin nur ein einfacher Bulle.«

»Ja. Und dann sagen wir es noch einmal alle zusammen: Wir sind doch nur einfache Dies oder Das – bis wir selbst an der Reihe sind.«

»Du denkst zu viel nach.«

»Ja, noch dazu während der Arbeitszeit.«

»Weißt du was?«

»Nein. Ich weiß nichts. Erzähl es mir. Erzähl mir alles. Ich muss es unbedingt wissen.«

»Du bist gar nicht mehr du selbst, wenn dein Mädchen nicht da ist, das ist alles.«

»Was habe ich denn davon, wenn ich ›ich selbst‹ bin – ein Journalist unter Millionen anderen?«

»Was *willst* du denn davon haben?«

Was soll man denn darauf antworten?

»Nein, du hast Recht. Was gibt's?«

»Komm rüber. Jetzt wird gearbeitet.«

Ich telefonierte nach dem Redaktionsboten und schickte die Korrekturfahnen zurück. Ich telefonierte wieder einmal nach einem Taxi, das mich zum Halmtorvet bringen sollte.

Die Routine wirkte.

Auch wenn sie so ziemlich alleine damit war.

Aber gerade darin zeigte sich ihre Stärke.

23

Das ist aber ein sympathischer Schwiegervater, den du da hast«, sagte Ehlers, als ich zum Wischnu weiß wievielten Mal wieder in seinem Büro saß.

»So langsam fange ich an, es selber zu glauben«, gab ich zu. »Ich habe vorher einfach nur noch nie mit ihm gesprochen.«

»Er hat uns den ganzen Fall auf einem Silbertablett serviert«, sagte Ehlers. »Mitsamt Gemüse und Garnierung. Endlich haben wir wenigstens eine Person, die irgendeinen Nutzen von Carsten Friis' Tod hat. Und das ist weiß Gott ein anständiges, solides und bodenständiges Motiv. Eine Million! Vielleicht sogar noch mehr.«

»Gehst du jetzt nicht ein bisschen übereilt vor?«

»Das glaube ich nicht. Das hier ist die einzige verlässliche und handfeste Zeugenaussage, die mir in diesem Fall untergekommen ist. Ich bin ihm sehr dankbar. Und im Übrigen soll ich dich auch von deiner Frau grüßen.«

»Danke. Wann kommt denn deine nach Hause?«

»In ein paar Tagen. Dann habe ich eine Woche Urlaub. Jedenfalls wenn nichts dazwischenkommt – und das kommt es ja immer.«

»Und was jetzt?«

»Bist du für heute fertig?«

»Ich glaube schon.«

»Bis wann hättest du theoretisch noch Zeit, wenn du unbedingt eine Story unterbringen wolltest?«

Ich sah auf die Uhr. Es war noch erstaunlich

früh. Der liebe Gott hatte heute offensichtlich die Minuten verlängert – vielleicht als eine Art Werbegeschenk für neue Abonnenten.

»Ein oder zwei Stunden«, sagte ich. »Ein bisschen länger, wenn es ein wirklicher Knaller ist.«

»Gut«, sagte Ehlers. »Dann hör mal gut zu: Ich habe einen Vorschlag. Du wirst jetzt ungefähr eine halbe Stunde spazieren gehen und dann wieder hierher zurückkommen – vorzugsweise in unbeschädigtem Zustand. Gehe Müllcontainern auf dem Halmtorvet möglichst aus dem Weg. Und dann werden wir sehen.«

»Dann werden wir *was* sehen?«

»Alles zu seiner Zeit. Ich habe einen Plan.«

Keine Frage, er hatte einen Plan. Und keine Frage, entweder war der Plan verdammt gut, oder Ehlers glaubte zumindest, dass er verdammt gut wäre. Seine Augen funkelten und leuchteten, wie sie es in den vergangenen zwei Tagen nicht mehr getan hatten. Er glich einem Fuchs, der einen Hühnerstall zu Gesicht bekommen hatte, dessen Pflegepersonal sich soeben mit großen Picknickkörben in den nächsten Wald verabschiedet hatte – oder einem Billardhai, der drei unerfahrene Spieler aus der Provinz beobachtet und nur auf den richtigen Augenblick wartet, um einzugreifen.

Ich nickte und ging. Es war sein gutes Recht, den Geheimniskrämer zu mimen.

Und eine halbe Stunde war keine besonders lange Wartezeit. Verglichen mit gewissen anderen Wartesituationen, denen man als Journalist ausgesetzt werden kann, ist es praktisch gar nichts. Zwei Zigaretten.

Ich steckte die Hände in die Hosentaschen und ließ mich den Halmtorvet hinuntertreiben – allerdings in die Richtung, die vom Gaslight wegführte. Es war immer noch brütend warm, und man konnte spüren, dass es für den Rest der Nacht auch so bleiben würde. Viele würden schweißgebadet in ihren Betten liegen.

Ehlers war eine ehrliche Haut, sagte ich mir selbst. Er hatte mich ausschließlich deswegen zu sich gerufen, weil er – mehr oder weniger – davon überzeugt war, den Fall heute Nacht noch abschließen zu können.

Ein Gentleman, genau wie mein Schwiegervater – wenn auch von einer ganz anderen Art.

Ich schlenderte die Istedgade hinauf. Es war ein schlechter Abend für die Prostitutionsbranche, alle standen herum und warteten vergeblich. Traurig, aber wahr. Bestimmt war es einfach nur hoffnungslos zu warm für Bettgymnastik.

Dem Trinken tat es allerdings keinen Abbruch, was man deutlich merkte am Zuspruch, den die Cafés erfuhren, wo die Leute sogar auf den Treppenstufen saßen.

Ich beschloss, dem mannigfachen Beispiel zu folgen, und betrat das Stjernecafé. Auch hier war es proppenvoll – und warm, als bestünde das ganze Lokal aus verdichteter, stillstehender Luft, die seit dem letzten Sommer nicht mehr ausgetauscht worden war, um einen neuen Hallenweltrekord in Stickigkeit aufzustellen.

Ich machte Bob gegenüber eine entsprechende Andeutung.

»Glaubst du etwa, ich wüsste das nicht?«, brummelte er, während er sich mit einem fleckigen Wischlappen die Schweißperlen aus dem Gesicht wischte. »Ich habe gelüftet und gelüftet, aber es nützt einfach nichts. Verdammter Mist! Nicht einmal das Bier kann ich kühl halten.«

Das stellte sich allerdings als leichte Übertreibung heraus. Es war angemessen gekühlt. Aber auch das Bier half nicht so richtig.

»Vor einer Stunde hatte ich einen Gast«, sagte Bob, der sich ein weiteres Mal die Stirn trockenwischte, »der behauptete, dass er beobachtet hat, wie unten am Halmtorvet eine Leiche in einen Krankenwagen verfrachtet wurde. Ist da schon *wieder* jemand ermordet worden?«

»Ja. Ein Musiker. Du kannst morgen im Bladet alles nachlesen.«

»Du hast im Augenblick ja verdammt viel um die Ohren!«

»Tja – das liegt ja leider nicht in meiner Hand.«

»Nein, du musst die Morde einfach so nehmen, wie sie kommen. Einer nach dem anderen, nicht wahr?«

»Genau. So wie du deine Bestellungen eine nach der anderen aufnehmen musst.«

»*Ich* hatte heute auch verdammt viel um die Ohren.«

»Das liegt an der Hitze.«

»Das sagen sie alle, also wird es wohl stimmen. Noch eins?«

»Ein schnelles.«

In Anbetracht von Bobs Arbeitsbelastung setzte ich mich ganz gegen meine Gewohnheit allein an einen kleinen Tisch. Einen Augenblick später, gerade als ich mich zweckmäßigerweise in den Stuhl hatte fallen lassen, setzte sich jemand auf den Platz mir gegenüber.

Dieser Jemand war Kaspersen. Mit einem Lächeln über seinem ganzen schmalen, kantigen Gesicht.

»Der Chef ist in bester Laune«, sagte er. »Er hat gesagt, dass ich einfach ein bisschen spazieren gehen und in zwanzig Minuten zurückkommen sollte – und wenn ich irgendwo in der Gegend auf dich stoßen sollte, dann könnten wir uns einfach zusammentun. ›Lass es ruhig angehen‹, sagte er. Seltene Worte aus seinem Munde. Beinahe hätte er mir noch die Wange getätschelt und mir fünfundzwanzig Öre für Bonbons gegeben.«

»So ist er immer, wenn er obenauf ist«, fuhr Kaspersen fort. »Und das ist er jetzt.«

»Aufgestiegen wie ein Ballon.«

»Es hat ihn gequält. Von den letzten vierundzwanzig Stunden hat er höchstens eine geschlafen.«

»Er ist viel zu energisch.«

»Was in seinem Job allerdings nötig ist.«

»Quatsch. Du weißt genauso gut wie ich, wie viele durch und durch stinkfaule, permanent Überstunden abbummelnde Mitarbeiter es auch bei euch gibt. Es liegt nicht am Job. Dieser Mann ist einfach so. Egal, wo er arbeiten würde, es wäre immer dasselbe.«

»Kann schon sein. Aber ich mag ihn.«

»Ich auch.«

»Und er ist ein guter Chef, was mit das Schwierigste auf dieser Welt ist.«

Ich dachte an Schnoor und gab ihm Recht. Es gibt gewisse Menschen, deren angeborene Widerwärtigkeiten und schmalspursadistische Gendefekte sich erst dann frei und ungehemmt entfalten können, wenn sie zu Chefs geworden sind.

Wir fanden einen äußerst zufriedenen Ehlers vor, als wir zurückkehrten, geradezu eine schnurrende Katze. Er hatte seine Rückenlehne nach hinten gekippt und die Beine unter den Schreibtisch gesteckt, sodass er seinen Körper so lang wie möglich ausstrecken konnte. Er lächelte uns huldvoll entgegen, als wäre er der liebe Gott und wir Adam und Eva, die er im Paradies willkommen hieß.

»Ganz einfach«, sagte er. »Alles ist aufgeklärt, Kinder – im Handumdrehen. Der nette Dr. med. dent. Friis ist gleichzeitig der Hintermann für den Drogenclub im Gaslight – so einfach ist das.«

»Wie sch…«

»Das ist ja …«

Weder Kaspersen noch ich konnten unsere Sätze beenden.

»Wie das, Chef?«, fragte er.

»Kennst du das Gefühl«, sagte Ehlers, »wenn du dir immer und immer wieder über dasselbe Problem den Kopf zerbrichst? Man geht so logisch vor, wie es überhaupt möglich ist. Man berücksichtigt sämtliche Indizien und versucht, die Fäden vernünftig zu entwirren – immer und immer wieder, ganz kühl und konzentriert.«

Kaspersen nickte.

»Und dann«, fuhr Ehlers fort, »reagiert man plötzlich in einem Akt purer Verzweiflung gegen all diese Vernunft und diese Ordnung und bekommt irgendeine vollkommen wilde und wahnwitzige Idee – und dann ist es manchmal genau diese Idee, die Ordnung in das Problem bringt.

Und genau das ist passiert.«

Jetzt würde Ehlers eine Rede halten. Der ansonsten so wortkarge Polizeiinspektor pflegte stets alle Register der etliche Oktaven umfassenden Orgel seiner Beredsamkeit zu ziehen, wenn er den ersten Lichtstreif am Horizont eines bislang verdunkelten Landes erblickte.

»Ich begann damit, wie ihr wisst, dass ich annahm, bei Carsten Friis' Tod handelte es sich um einen Unglücksfall, ein Missverständnis – ganz einfach mangels eines Motivs. Doch dann geschahen die beiden anderen offensichtlichen Morde. Und jetzt kam also das Motiv dazu. Selbstverständlich wäre es irgendwann gekommen. Wie oft habe ich euch gesagt, dass fünfundneunzig Prozent aller Verbrechen – insbesondere Mord – auf eine von zwei Ursachen zurückzuführen sind: Sex oder Geld. Und jetzt ist das Geld schließlich aufgetaucht!

Und dann fiel mir ein, dass wir ja immer noch Täto-Tom im Abklingbecken haben –, obwohl es in seiner Zelle im Übrigen verdammt warm ist, er schwitzt ganz schön –, und deswegen beschloss ich, eine wilde Idee auszuprobieren und ihm das Messer auf die Brust zu setzen. Ich will nicht behaupten, dass ich ihn einem Verhör dritten Grades unterzogen und direkt gefoltert habe, aber man könnte vielleicht sagen, dass ich die Schraube ein bisschen kräftiger anzog, als eigentlich vertretbar gewesen wäre – ganz unter uns.

Kurz gesagt, ich beschuldigte ihn, die beiden Morde begangen zu haben. Ich sagte, dass ich ihm nicht genug Organisationstalent zutrauen würde – nein, dieses Wort habe ich *nicht* benutzt –, eine Dealerzentrale von auch nur zwei Leuten zu führen, aber dass ich ihn für vollkommen fähig hielte, zumindest einen Messer- und einen Giftmord zu begehen. Den dritten Mord zu erwähnen hätte ja nichts geholfen, und er konnte ohnehin nichts darüber wissen. Ich deutete ihm gegenüber an, dass sein Hintergrund die Richter wohl kaum milder stimmen werde. Ich fragte ihn, ob ihm das Strafmaß für das, was er getan hatte, bekannt sei, und es ist möglich – ja, ich sage *möglich* –, dass ich dabei ein bisschen übertrieben habe – aus reiner Zerstreutheit.«

»Drohungen!«, sagte Kaspersen. Es sollte vorwurfsvoll klingen, aber er amüsierte sich zu sehr dabei, als dass er Ehlers damit beeindrucken konnte.

»Ein Gespräch«, antwortete Ehlers. »Oder lasst es uns eine weiterführende Information über seine Rechte nennen. Anschließend jedenfalls zeigte ich ihm den fetten Köder. Ich bot ihm an, unser Kronzeuge zu werden. Ich bot ihm an, dass wir, wenn er uns bei den Ermittlungen behilflich wäre, mit an Sicherheit grenzender Wahrscheinlichkeit dieses kleine, bedauerliche Missverständnis vergessen würden.«

»Alter Trick«, sagte Kaspersen.

»Ja, aber *er* ist ziemlich jung«, antwortete Ehlers. »Wie ich heute Abend schon gesagt hatte: Einer von ihnen bricht immer zusammen.

Und dann zeigte ich ihm ein kleines Bild von Valdemar Friis, und das war's dann. Er identifizierte ihn als den Boss. Er war derjenige, der – auf diesen Reisen nach Kopenhagen, die er häufig unternahm – den Stoff mitbrachte und bei ihnen ablieferte, üblicherweise in einer hübschen Aktentasche und immer schon in hübsche, kleine Tütchen abgefüllt. Sie sahen ihn nur, wenn er den Stoff lieferte, aber die Identifikation war deutlich, zufrieden stellend und positiv. Ich sollte vielleicht noch sagen, dass Tom ihn erst klar und eindeutig identifizierte, nachdem ich ihm erzählt hatte, dass Friis seinen Freund Harry ermordet hat – das gab schließlich, rein psychologisch gesehen, den Ausschlag.«

»Noch so ein mieser Trick«, sagte Kaspersen.

»Und noch so ein nützliches Ergebnis«, fügte Ehlers hinzu.

»Aber wo zum Teufel hast du das Bild von Friis herbekommen – zu dieser nachtschlafenden Zeit?«

Hier mischte ich mich in ihre internen Fachgespräche ein.

»Warum glaubt ihr Journalisten immer, dass alle Bullen Idioten sind? Ich habe einfach telefoniert, meinen Freund, den Polizeichef von Odense, aus dem Schlaf gerissen und ihn gebeten, so schnell wie möglich eines aufzutreiben. Er telefonierte und riss seinen alten Freund, den Chefredakteur von *Fyens Stiftstidende,* aus dem Schlaf und gab den Auftrag an ihn weiter. Im Laufe von zehn Minuten hatten sie dann im Zeitungsarchiv ein Bild von Valdemar Friis gefunden – aufgenommen auf einem Empfang anlässlich seines fünfundzwanzigjährigen Berufsjubiläums als Zahnarzt. Es dauerte fünf Minuten, bis ich es als Fax vor mir liegen hatte. Ziemlich einfach.«

»So simpel, ja. Eigentlich solltest *du* bei der Presse arbeiten.«

»Einer von uns reicht. Aber heb dir die Geschichte trotzdem bis morgen auf. Bis wir ihn haben – und hoffentlich dazu noch ein Geständnis oder ein paar Beweise.«

Sein Telefon klingelte, und er griff nach dem Hörer.

»Was?«, fragte er verwundert.

Und eine Minute später nochmals ein verdattertes: »Was?«

»Dann schick ihn rauf«, sagte er abschließend.

Nachdem er den Hörer aufgelegt hatte, blickte er einen Augenblick lang verwirrt ins Leere. Dann sagte er, als erwachte er aus einem Traum oder einer Ohnmacht und würde höflich unsere Anwesenheit bemerken:

»Da ist leider etwas schief gelaufen – schon wieder. Es gibt ein Geständnis. Ein freiwilliges Geständnis eines Mörders. Er kommt jetzt zu uns hoch.«

Ehlers wandte sich mir zu und fügte hinzu – mit besonderem Nachdruck:

»Und es ist dein Freund Frank.«

24

Frank sah gar nicht gut aus, als er hereingeführt wurde. Er sah aus wie jemand, der exakt so viel eingesteckt hat, wie er vertragen kann, kein bisschen mehr und kein bisschen weniger, und der sich dieser Situation wohl bewusst ist. Das Gesicht kreidebleich vor Erregung und mit vortretenden, kugelrunden Augen.

Wenn man in diesem Augenblick ein Foto von ihm gemacht hätte, würde ihm jeder Betrachter eine typische Verbrechervisage bescheinigen. Wenn man am vorhergehenden Abend eines geschossen hätte, während er spielte, würde jedermann behaupten, dass dieser Mann nicht einmal auf eine Waldschnecke treten könnte, ohne Gewissensbisse zu bekommen.

Fünf zu eins, dass es in irgendeinem Pressearchiv der Welt ein Foto von Mahatma Gandhi gibt, auf dem er wie ein schmieriger Sexualverbrecher aussieht.

Frank ging mit schweren, langsamen Schritten auf Ehlers zu. Auf dem Weg warf er mir einen verschämten Seitenblick zu.

Seine Stimme klang gepresst, als ob er unter Drogen stünde. Aber Frank würde niemals Drogen nehmen.

Es war etwas anderes, etwas viel Schlimmeres.

Es war ein *Albtraum.*

Ich hatte es genau so schon früher einmal gesehen – Journalisten bekommen allzu oft genau so etwas zu sehen. Ein Mensch ist in eine Krise geraten, findet sich plötzlich in einem Albtraum wieder, einem Albtraum, der genau auf ihn zugeschnitten ist und mit unsichtbaren eisernen Klauen nach ihm greift.

Die äußeren Anzeichen entsprechen allerdings denen von beispielsweise Alkoholismus, gewissen Arten von Narkotika, eimerweise Nervenpillen, Epilepsie oder Schizophrenie.

Ehlers betrachtete Frank von Kopf bis Fuß. Er stellte vermutlich ähnliche Überlegungen an.

Er warf mir einen fragenden Blick zu, und ich schüttelte den Kopf in der Hoffnung, dass er mich verstand.

Er tat es.

»Setzen Sie sich«, sagte er, zog einen der hoffnungslos abgenutzten, altmodischen Wartesaalstühle heran und drückte Frank geradezu in ihn hinein. »Sie wollten mit uns sprechen?«

Dieses *uns* war gleichzeitig ein verstecktes Signal, dass ich dableiben sollte.

Ausgesprochen illegal.

Und dennoch. Ein »unvoreingenommener Zeuge«.

»Ich wollte einfach nur gestehen«, sagte Frank mit einer dunklen, schlafwandlerischen Stimme, wie ein Mann, der tief in Hypnose versetzt worden war. »Ich wollte einen Mord gestehen.«

»Wollen Sie gestehen, dass *Sie* Carsten Friis ermordet haben?«, fragte Ehlers – mit höflicher Skepsis.

Allein schon diese Idee schien Frank aus seiner Trance zu reißen. Mit einem Mal war es, als hätte ihn der Albtraum aus seinem Bann entlassen. Er sprang halb aus seinem Stuhl und *rief:*

»Carsten Friis? Sind Sie verrückt, Mann? Carsten Friis! Nein, ich habe den ermordet, der Carsten Friis umgebracht hat – Flemming Jacobsen.«

Dann sank er entkräftet in den Stuhl zurück.

»Wie haben Sie es getan? Und wann?«, fragte Ehlers. Sein Tonfall verriet, dass er sich immer noch nicht ganz sicher war, ob er den Verhörleiter oder den Psychiater spielen sollte.

Er wusste nicht, ob er ihm glauben sollte.

»Ist das nicht vollkommen egal?«, sagte Frank, erneut in seine eigene Welt versunken. »Ich habe doch gestanden.«

»Wir müssen die näheren Umstände erfahren. Ansonsten können wir Sie nur vorübergehend in Verwahrung nehmen – und dann müssten wir spätestens morgen die näheren Umstände kennen. Wäre es nicht besser, das jetzt schon hinter sich zu bringen?«

Ehlers klang wie ein vernünftiger Zahnarzt, der einem Angstpatienten die Notwendigkeit einer schmerzhaften Wurzelbehandlung zu vermitteln versucht, da ansonsten alles nur noch schlimmer würde.

Dieser Patient war nicht so schwierig. Frank rang eine Weile mit den Händen, dann sagte er: »O. k.«

Er holte tief Luft, wie um Anlauf zu nehmen, und legte dann los, eintönig leiernd wie ein Prediger.

»Am Vormittag war Flemming zu mir herausgekommen. Er war in der Nacht nicht zu Hause gewesen, weil er Angst hatte – er hatte bei ein paar Freunden in Christianshavn übernachtet. Er kam zu mir, weil er nicht wusste, was er tun sollte. Er hatte gerade erfahren, dass dieser Rote …«

»Harry Hammer«, sagte Ehlers.

»Genau den Namen hat er genannt. *Ich* kannte ihn nicht.«

»Fahren Sie fort.«

»Dieser Rote wäre ermordet worden, sagte Flemming – und jetzt hatte er Angst, dass er als Nächster dran wäre.«

»Augenblick mal. Wissen Sie ...«

»Sag ruhig du zu mir.«

Frank sagte es mit einer solchen kindlichen Einfalt, wie es nur die wahren Naiven konnten. Es war als eine ausgestreckte Hand gemeint, die heißen sollte: Lass uns das hier so schnell wie möglich hinter uns bringen.

Ehlers verstand.

»Weißt *du*, woher er wusste, dass Harry Hammer ermordet worden war?«

»Er hatte mit jemandem telefoniert, der Tom hieß – und der genauso viel Angst hatte wie er.«

Jetzt begannen die Teile – ganz still und ruhig und ganz von selbst –, sich zu einem Ganzen zusammenzufügen.

»Da fragte ich ihn natürlich«, fuhr Frank fort, »wovor er denn plötzlich Angst haben sollte. Und daraufhin gab er zu, dass er mit diesen beiden Kleinkriminellen zusammengearbeitet hatte. Er war ihr Abnehmer gewesen und hatte das Zeug weiterverkauft – besonders in Musikerkreisen, wo die zwei anderen – ›meine Kameraden‹, wie er sie nannte – keine Kontakte hatten. ›Nur so als Nebenverdienst‹, sagte er.«

Frank hatte glänzende Augen bekommen, und seine Stimme drohte zu versagen. Im Büro hatte sich die bisher schlimmste Luft des Tages angesammelt.

»So viel hatte er mir erzählt, als mir richtig klar zu werden begann, dass es ein abgekartetes Spiel zwischen ihm und Tom und Harry gewesen sein musste, das zu Carstens Tod geführt hatte. Ich habe vielleicht eine gewisse Neigung zu übertriebenem Moralismus, aber ich hasse den Handel mit zerstörerischen Stoffen. Sie sind der Tod höchstpersönlich. Ich geriet außer mich – so außer mich, wie ich es noch nie gewesen war.«

Einen kurzen Augenblick lang überlegte ich, ob Frank überhaupt schon irgendwann vorher in seinem Leben außer sich gewesen war.

»In dem Augenblick sah ich das so«, sagte Frank, »dass diese drei Carsten entweder direkt ermordet hatten – oder aber indirekt, durch ihren widerwärtigen Tauschhandel. Ich verlor die Besinnung und beschuldigte Flemming geradeheraus, Carsten umgebracht zu haben.

Dann geschah etwas Merkwürdiges. Er sagte nur: ›Ich habe selber überlegt, wer es wohl war.‹

Und er erzählte, dass *ihm* mitgeteilt worden war, dass genau *jenes* Päckchen für Carsten bestimmt war, da es sich um eine besonders ausgesuchte Ware handelte.

In einem billigen Roman hätte man ihn den ›Botschafter des Todes‹ genannt. Aber er hatte die Rolle freiwillig übernommen. Er hatte nicht einmal bei irgendjemandem nachgefragt, er hatte selber überhaupt keine Nachforschungen angestellt. Er hatte einfach nur getan, was ihm gesagt worden war. Wie ein Nazi-Soldat.

In meinen Augen war er genauso schuldig wie die anderen. Er hatte Gift verkauft, und nur dadurch, dass er Gift – ›als Nebenverdienst‹ – verkauft hatte, hatte er einen der größten dänischen Musiker ermordet.

Ich sah rot. Ich habe früher nie verstanden, was man mit dieser Redewendung eigentlich ausdrücken wollte, aber ich sah wahrhaftig rote und violette Flecken vor meinen Augen tanzen. Wir saßen uns an meinem Couchtisch gegenüber, und mitten auf dem Tisch stand eine Schale mit Obst und einem großen, scharfen Obstmesser. Ich griff danach und stach auf ihn ein. Es traf ihn vollkommen unvorbereitet. Ich stach zweimal zu, und dann wurde mir klar, dass er tot war. Ich wusste nicht, ob das tatsächlich meine Absicht gewesen war, ich weiß es immer noch nicht. Vielleicht … Dann legte ich das Messer hin und setzte mich – und weinte.«

Frank deponierte einen Augenblick lang den Kopf in seinen Händen, als wären einige der Bilder aus seinem Erinnerungsfilm immer noch zu tief in seine Netzhaut gepresst, um wieder hervorgezogen zu werden.

Er weinte – wieder.

»Und wie kam die Leiche zum Halmtorvet?«, fragte Ehlers sanft.

»Ich saß eine Stunde lang da und überlegte«, nahm Frank seinen Faden wieder auf, als hätte er die Frage gar nicht gehört. »Dann dachte ich, dass ich ihn fortschaffen müsste. Ich konnte ihn nicht in meiner Wohnung behalten. Es könnte jemand kommen. Unser Bandbus stand vor meiner Tür – ich bin immer der Fahrer –, also warf ich ihn dort hinein.«

»Am Vormittag?«

»Spielt das eine Rolle? Es war vielleicht ein Uhr mittags. Ich habe nicht auf die Uhr gesehen.«

»Jeder hätte Sie – dich – sehen können.«

»Das wäre vollkommen egal gewesen.«

»Ja, aber ...«

»Ich hatte ihn in meinen Basskoffer gesteckt. Die Leute in meinem Viertel sind den Anblick gewohnt, dass ich meinen Basskoffer mit mir herumschleppe, die Treppe rauf und die Treppe runter. Ich nehme ihn fast jede Nacht mit mir nach oben und am Vormittag wieder mit runter. Er hat Übergröße.«

Diese Information führte zu nachdenklichem Schweigen.

Ehlers war jetzt überzeugt. Ich konnte es an seiner Körperhaltung erkennen. Eine einfachere und vernünftigere Erklärung konnte es nicht geben. Ein überdimensionierter Basskoffer wird zu einem Bandbus geschleppt. Und in dem Koffer statt einer Bassgeige ein Mann, der nicht besonders lang war und nur ein kleines bisschen zusammengefaltet werden musste.

Aber dick war er.

»Er muss ziemlich schwer gewesen sein«, sagte ich. Ich hatte angefangen, laut zu denken.

»Ja«, sagte Frank. »Das war er tatsächlich.«

Irgendwer hatte einmal gesagt, dass Menschen in außergewöhnlichen Situationen plötzlich dreimal so viel Kräfte entwickeln konnten wie sonst.

»Aber wie hast du dann den *Bass* mitbekommen?«, fragte ich.

Vielleicht hoffte ich immer noch – irgendwo »tief

in meinem Inneren«, wie man so sagt –, dass ich einen Fehler in Franks Erklärung finden könnte.

Einen Fehler, der ihn freisprechen könnte.

»Ich habe regelmäßig zwei dabei – und nur einen im Koffer, der andere steckt in einer Hülle«, antwortete Frank lakonisch.

Natürlich. Viele Bassisten machen es so.

Es gab nichts weiter zu erklären.

Trotzdem erfuhren wir auch den Rest.

»Am Abend dann, als ich mit dem Bus zum Jazzcafé fahren musste, kam mir die Idee, dass ich ihn am besten dorthin bringen sollte, wo man auch den Roten gefunden hat – sie waren ohnehin beide aus demselben Holz geschnitzt, und vielleicht würde es ja andere Haie ihrer Art abschrecken. Ich fuhr dort vorbei, kurz bevor wir auftreten sollten. Es war keine Seele zu sehen.«

»Direkt nach der Razzia«, sagte Ehlers lakonisch zu Kaspersen.

»Ich fuhr mit dem Wagen in den Hinterhof, leerte den Basskoffer hinter den Müllcontainern aus und fuhr wieder weg. Es dauerte eine Minute.«

»Ich war heute Nachmittag noch bei dir draußen gewesen«, sagte ich. Ich dachte immer noch laut.

»Ja«, antwortete Frank. »Ich konnte dich nicht hereinbitten – wegen der Blutspuren in meiner Wohnung. Sie sind immer noch da – das war der Grund, warum ich heute Nacht nicht nach Hause wollte.«

Ehlers und Kaspersen tauschten Blicke aus.

»Aber du hattest heute Nachmittag eine Theorie«, fuhr ich fort, wohl wissend, dass er am Rande des Zusammenbruchs stand, »dass Carsten irgendetwas *entdeckt* haben könnte. Wie passt das denn ins Bild?«

»Ganz hervorragend«, sagte Frank schwer und dumpf wie eine Basstrommel. »Die anderen waren einfach nur Auftragsmörder, und hinter ihnen stand der wirkliche Mörder. Ich weiß nicht, wer es ist. Ich hoffe, dass *ihr* es herausfinden könnt.«

»Und *ich* bin kein Mörder«, sagte er, während sein Körper von den unsichtbaren, strafenden Fingern einer höheren Macht durchgerüttelt zu werden schien. »Ich bin einfach einer *geworden*. Und darum gestehe ich jetzt. Reicht das jetzt?«

»Ja«, sagte Ehlers freundlich. »Das reicht jetzt.«

Er nickte Kaspersen zu, der Frank am Arm fasste und ihn zur »Verwahrung« brachte, Gott weiß, wo die stattfinden mochte. Frank drehte sich nicht einmal mehr um oder warf mir einen Abschiedsblick zu.

Ehlers und ich blieben zurück und sahen einander an.

»Ja«, sagte er. »So laufen schließlich alle Fäden zusammen. Was er wohl getan hätte, wenn er gewusst hätte, wer der *wirkliche* Mörder war?«

25

Das kann ich dir genau sagen«, antwortete ich. »Gar nichts.«

»Was willst du damit sagen?«

»Ich will sagen, dass Frank eine Dronte ist.«

»Was zum Teufel ist denn eine Dronte?«

»Eine ansonsten schon längst ausgestorbene Vogelart.«

»Du sprichst in Rätseln.«

»Entschuldigung. Was ich sagen will, ist, dass ein Mann wie Frank durchaus rotsehen kann – auch wenn es ihm nur einmal im Leben passiert. Er kann aufbrausen und einen Mord im Affekt begehen. Aber wenn er etwas Konkretes und Genaues darüber gewusst hätte, was geschehen war, etwas Beweisbares, dann wäre er sofort zur Polizei gegangen – wie ein braver, rechtschaffener Bürger.«

»Und warum hat er Flemming Jacobsen dann nicht einfach angezeigt?«

»Weil er einen Kurzschluss hatte. Weil er und Carsten seit zwanzig Jahren zusammen gespielt hatten. Weil, wenn man so lange zusammen gespielt hat, das fast schon dasselbe ist, wie zusammenzuleben.«

»So wie du das sagst, klingt es wie eine Liebesgeschichte.«

»Wenn du das so siehst, dann stell dir doch einfach mal vor, wie du reagieren würdest, wenn jemand Kaspersen ermorden würde.«

Das saß.

Auf den Punkt.

Ehlers plumpste schwer in seinen Stuhl zurück.

»Ich hätte dasselbe getan«, sagte er. »Schon verstanden. Wir müssen so viele mildernde Umstände wie möglich finden.«

»Und am besten noch ein paar mehr.«

»Ich *habe* verstanden.«

Kaspersen kehrte zurück.

»Er schläft«, sagte er, so still, als würde er über einen Säugling sprechen. »Er hat sich sofort schlafen gelegt, nachdem er seine Pritsche gesehen hatte.«

»Er hat es dringend nötig. Er ist es nicht gewohnt, einen Mord zu begehen.«

»Wer ist es dann?«

»Valdemar Friis zum Beispiel ist mittlerweile auf gutem Wege.«

»Wir müssen ihn finden. Kaspersen, würdest *du* das erledigen?«

»Klar, Chef. Natürlich.«

Kaspersen griff nach dem Telefonhörer und setzte all die kleinen Rädchen in der unerbittlich langsamen, nach Auskunft des Justizministeriums allerdings hundertprozentig verlässlichen Maschinerie des Gesetzes in Gang.

Mitteilung an die Polizei in Odense zwecks unmittelbarer Festnahme, falls Friis sich dort aufhalten sollte. Mitteilung wegen Hausdurchsuchung am selben Ort. Mitteilungen an alle anderen Polizeibehörden. Kopien des Fahndungsbilds.

Rundschreiben. Offizielle Bekanntmachungen. Papiere und Dokumente.

In einem Jahr würde ein weiterer Aktenordner hinter Ehlers Rücken stehen.

Während Kaspersen telefonierte, unterhielten wir uns.

»Mein Schwiegervater sagte«, sagte ich, »dass er Carsten über sein bevorstehendes Erbe unterrichtet habe.«

»Da haben wir ja die Erklärung für seinen Brief an dich. Er hatte Angst vor dem, was sein Vater unternehmen könnte.«

»Oder er hat vielleicht von den Machenschaften seines Vaters Wind bekommen.«

»Hätte er ihn dann nicht einfach um einen prozentualen Anteil am Stoff gebeten – kostenfrei?«

»Da hast du wohl Recht. Das hätte keineswegs gegen seine moralischen Grundsätze verstoßen.«

»Das ist das erste Mal, dass ich vor der Situation stehe, dass ein Vater Morphium an seinen eigenen Sohn verkauft hat.«

»Es ist das erste Mal, dass *du* davor stehst, ja. Aber es ist garantiert nicht das erste Mal, dass so etwas geschieht.«

»Die Welt ist verrückt.«

»Das erwähntest du schon früher.«

»Und daran hat sich nichts geändert.«

»Es ändert sich niemals irgendetwas. Nichts außer der ›Modefarbe des Jahres‹ und der Breite der Beinkleider.«

Ich drehte mich um und sah auf den Halmtorvet hinaus, auf die mir so vertraute Szenerie, auf den speziellen kleinen Ausschnitt, der mir als Ehlers' tägliche – meistens auch nächtliche – Aussicht besonders vertraut war. Die Nacht war nicht mehr jung, aber sie war immer noch genauso träge. Ein Auto fuhr langsam und abschätzend vorüber, ohne eines der zahlreich vorhandenen Angebote einzusammeln. Es war immer noch zu warm.

»Das Einzige, was ich immer noch nicht weiß«, sagte ich und wandte mich erneut Ehlers zu, »ist, wer jetzt Harry Hammer umgebracht hat.«

»Friis selber«, sagte Ehlers. »Sehr schneller Mann. Kann es gleich noch am selben Abend erledigen, an dem er sowieso in Kopenhagen ist –

und für den er kein Alibi vorweisen konnte. Er hat wohl gedacht, dass die Sache damit ein für alle Mal erledigt und abgehakt sein würde. Er konnte nicht wissen, dass Harry gegenüber Flemming den Mund nicht halten konnte. Wahrscheinlich hat er Harry zu verstehen gegeben, dass er diskret vorgehen sollte – und offensichtlich hat Harry nicht verstanden, was er damit meinte. Wahrscheinlich hat Harry nie besonders viel verstanden. Nicht dass es für ihn einen besonderen Unterschied gemacht hätte.«

»Vielleicht für seine Mutter?«

»Jetzt werde nicht sentimental. Er wäre unter allen Umständen beseitigt worden – früher oder später.«

»Ich bin überhaupt nicht sentimental, jedenfalls nicht mehr als nötig. Der Einzige, mit dem ich wirklich Mitleid habe, ist Frank. Er ist derjenige, der alles verloren hat. Seinen besten Freund, seine Band, seine Musik, sein Leben.«

Die Luft war viel, viel zu drückend – zu gleichen Teilen gesättigt von Wärme und Tragödie – in diesem kleinen Zimmer. Einen Augenblick lang glaubte ich, ich würde in Ohnmacht fallen.

»Ehlers«, sagte ich. »Es ist so verdammt sinnlos.«

»Das ist es immer«, sagte er. »Kannst du dich an letztes Mal erinnern? Damals sagte ich, dass es so sinnlos wäre, und du sagtest, dass man dieses Phänomen ganz allgemein Alltag nennt.«

»Wollen wir nicht noch irgendwohin auf einen Drink gehen?«

»Darauf kannst du einen lassen, dass ich das gerne tun würde, aber ich bin im Dienst.«

»Gibt es in der Polizeibehörde nicht so eine Einrichtung namens Kaffeepause? Nicht einmal bei Überstunden? Kaspersen sagt, dass du seit Carstens Tod ununterbrochen gearbeitet hast.«

»Na gut, o. k. … für eine Viertelstunde.«

Ehlers sagte dem nach wie vor eifrig telefonierenden Kaspersen Bescheid, der verständnisvoll zurücknickte.

Ich würde es nicht so ausdrücken, dass Ehlers und ich uns unten auf der Straße gegenseitig stützen mussten. Das war nicht unbedingt erforderlich. Keiner von uns war behindert, keiner von uns war so geschwächt oder übertrieben betrunken, um zu einer Gefahr oder Belästigung für uns selbst oder andere werden zu können. Wir waren große, starke, erwachsene Männer, die sogar mitten in der Nacht aus eigener angeborener Kraft in der Lage waren, aufrecht zu gehen.

Gleichwohl entstand zwischen uns das Gefühl, als würden wir uns gegenseitig vorwärts tragen.

»Wo gehen wir hin?«, fragte Ehlers.

»Ins Stjernecafé«, antwortete ich.

»Ich dachte, es ging darum, eine *Pause* zu machen«, sagte Ehlers. »Ein bisschen Freizeit. Bist du sicher, dass dort nicht womöglich ein *neuer* Fall auf uns wartet?«

»Nein. Aber wo wäre es denn anders?«

»Zu Hause.«

»Nein, nein, dort wäre es genauso – wart's nur ab.«

»Wie aufmunternd du wieder bist!«

»Entschuldigung.«

»Macht nichts. Mir geht es auch nicht anders.«

Als Bob sah, wer sich in meiner Begleitung befand, deutete er diskret auf den entferntesten Fenstertisch.

»Das Übliche. Kalt, kalt und mit *vielen* Eiswürfeln drin«, sagte ich.

»Du?«, antwortete Bob. »*Du* – und Eis im Whisky?«

»Im Leben eines jeden Mannes kommt der Tag«, sagte ich in sachlich belehrendem Tonfall, »an dem er Eis in seinem Whisky braucht. Aber dreifach! Und zwei davon!«

Als wir die Gläser geleert hatten – unter stillschweigend vereinbartem gemeinsamen Stillschweigen –, kehrte Ehlers zum Polizeirevier zurück.

Ausnahmsweise gaben wir einander die Hand, als wir uns eine gute Nacht wünschten.

Ich blieb sitzen.

Ganz alleine.

Nein, im Gegenteil. Ich war nicht ganz alleine. Ich war von Menschen umringt.

Nicht von den Menschen, die sich im Lokal befanden, den übrigen »Gästen«, die an den Tischen und an der Bar herumsaßen.

Sondern von den Menschen, die eben *nicht* da waren.

Genau die drängten sich um meinen Tisch.

Carsten und Frank, wie sie damals waren, als wir zusammen spielten. Carsten und Frank zu der Zeit, als unser damaliges Quintett einen Amateur-Jazzwettbewerb gewonnen hatte und zum ersten Mal in einem richtigen Konzertsaal spielen durfte, dem Odd-Fellow-Palais, gekleidet in die Jacken und Krawatten unserer Väter. Seit genau diesem Zeitpunkt waren Carsten und Frank ständig im ganzen Land auf Tournee gewesen, von Jazzclub zu Jazzclub, von Hotel zu Hotel, von *Night in Tunisia* zu *Night in Tunisia*.

Dieser Abend in Århus, als ... Dieser Abend in Silkeborg ... Dieser ...

Carstens Vater. »Vater?« Vater und Mörder. Der Vater hat gegeben, der Vater hat genommen – das Leben. Kein Wunder, dass sie nichts miteinander zu tun haben wollten. Valdemar huldigte dem Mammon, Carsten der Musik.

Ich hätte gern gewusst, wie die Mutter war – die unbekannte Größe.

Aber es war zu spät, um etwas über sie in Erfahrung zu bringen. Es ist immer zu spät, wenn man endlich aufwacht. Warum hatte *ich* Carsten nicht ein einziges Mal in diesen ganzen Jahren besucht?

Flemming – ein junger, naiver Idiot, der einfach nur seine Trommeln schlagen und auf die schnellstmögliche Art zu »einem kleinen Nebenverdienst« kommen wollte. Tot. Harry Hammer – bestimmt auch so ein junger, naiver Idiot. Zweifellos ein ziemlich netter Kerl, wenn man ihn kannte, ein einfacher, durchschnittlicher, netter Kerl mit einem leichten Hang zur Kriminalität – wie so viele von uns. Tot.

Kreuz. Kreuz. Kreuz. Kreuz.

Wie ein verblichener dänischer Dichter einst schrieb.

Und – das war das Schlimmste – Frank. Der solide, verlässliche, hart arbeitende Frank.

Langsam wurde ich betrunken. Ich sah es ein

und riss mich ein für alle Mal zusammen, packte mich selbst am Schlafittchen und beschloss, diesen Weg ernsthaft weiterzuverfolgen.

Es half nicht.

Die ganze Zeit sah ich Frank vor mir. Wie Frank Flemmings Leiche in seinem überdimensionierten Basskoffer zum Bandbus hinunterschleppte, wo wahrscheinlich immer noch Carstens Gitarren lagen.

Dann hörte ich Franks Requiem für Carsten in meinem inneren Ohr. Hörte ihn den Bass spielen, wie er ihn nie zuvor gespielt hatte – wie heute Abend. Ich schloss die Augen, um es richtig hören zu können. Ich konnte mir jeden einzelnen Ton ins Gedächtnis zurückrufen.

Es war fantastisch. Nur eines fehlte.

Ein weiteres Instrument.

Eine Gitarre.

Carstens.

»Bist du krank?«, fragte eine freundlich bekümmerte Stimme, die mich an den Schultern gepackt zu haben schien.

Es war Bob.

»Nein, nein«, sagte ich. »Nicht im Geringsten. Warum?«

»Weil es schon fünf Uhr ist«, sagte Bob. »Wir haben geschlossen. Alle sind gegangen. So wie heute habe ich dich vorher noch nie gesehen – die letzten zwei Stunden warst du vollkommen weggetreten. Was ist passiert?«

»Es sind nur diese Morde, Bob.«

»Nerven?«

»Lass es uns ruhig so sagen.«

»Du siehst wirklich schlecht aus. Soll ich dich vielleicht nach Hause bringen?«

»Nein, nein.«

Ich erhob mich mit der unangestrengten Eleganz einer Leiche, die ein paar hundert Jahre lang in ihrem Sarg unter der Erde gelegen hatte und folglich ein wenig hüftsteif geworden war.

»Gute Nacht, Bob. Schlaf gut. Ich kann schon allein nach Hause finden.«

Das konnte ich. Auch wenn es vielleicht das Einzige war, was ich konnte.

Ein Punkt.

Und ein langer, doch längst nicht traumloser Schlaf.

CODA

Dr. med. dent. Valdemar Friis wurde – im Gegensatz zu Frank – nie »ergriffen«, wie es im Polizeijargon heißt – ein Schicksal, das er mit dem größten Teil der unmenschlichsten Bösewichter und Massenmörder dieser Welt teilte – und immer noch teilt. Siehe die Zeitung von heute.

Er war einfach verschwunden, wie durch Intuition von der Erdoberfläche weggeschmolzen. In seiner Praxis in Odense gab man sich absolut erstaunt, was sein plötzliches Verschwinden betraf. In der Handelsbank in Odense nahm man mit leichter Überraschung zur Kenntnis, dass der Seniorpartner einer zahnärztlichen Gemeinschaftspraxis per Telex aus Hamburg das gesamte verfügbare Vermögen abgehoben hatte. In seiner Privatwohnung stellte seine Haushälterin verblüfft fest, dass sämtliche schnell umsetzbare Wertgegenstände (nicht ihre Formulierung, sondern die der Polizei) auf einen Schlag entfernt worden waren.

Dr. med. dent. Friis war kein Musiker, aber er hatte ein Gefühl für Timing. Mutmaßlich lebt er heute in bestens ausstaffiertem Wohlergehen an irgendeinem Ort, wo der lange Arm von Interpol nicht hinreicht – ein Ort, wo er reichlich Gelegenheit haben dürfte, Leuten vom gleichen Schlage wie er selbst zu begegnen.

Wie sich später herausstellte – nachdem Ehlers' Freund, der Polizeiinspektor von Odense, ein wenig nachgebohrt hatte –, war es das Glücksspiel, über das selbiger Dr. med. dent. Friis zum Drogenhandel gekommen war – und später zum Mord.

Poker.

Auch eine Art Droge.

Aber Carsten hätte wohl kaum Valdemar für einen Schuss umgebracht.

Die Menschen sind verschieden.

Das Erbe fiel an die vereinigten Bauunternehmungen zurück und wurde in eine Stiftung überführt, welche die Weiterbildung viel versprechender junger Ingenieure im Ausland fördern sollte – vorzugsweise solcher, die im Unternehmen beschäftigt oder Söhne der Eigentümer waren.

Otzen kehrte zum Bladet zurück und verdrängte – zur allgemeinen Zufriedenheit der Mitarbeiter – den amtierenden Chefredakteur Schnoor, der verschnupft zu seinen zerknitterten Beilagen zurückkehrte.

Nachdem Otzen die Ausgaben durchgesehen hatte, die während seiner Abwesenheit produziert worden waren, sagte er: »Das war doch ein toller Sommer, mein Junge!«, und bot mir eine Zigarre an.

Frank bekam ein in der bisherigen Geschichte des Strafrechts nie da gewesenes mildes Urteil – dank einer, wie es gewisse böse Zungen zweifellos bezeichnen würden, »korrupten Zusammenarbeit« zwischen der Staatsanwaltschaft, dem zugelosten Pflichtverteidiger (einem Schwager des Staatsanwalts), der Polizei (vertreten durch Polizeiinspektor Ehlers) und der öffentlichen Meinung – auch Bladet genannt. Aus dem offenen Vollzug heraus konnte er sogar seine Erinnerungs-LP für Carsten produzieren.

Sie erschien leider erst ein Jahr nach dem Mord, als schon alle die Angelegenheit vergessen hatten, und etwa hundert Exemplare wurden verkauft, von denen immer noch sechzig unter meinem Bett liegen. Was sie seit dem Tag tun, an dem sie in den Handel gekommen waren und an dem Frank mir abends erzählte – als ich ihn im Gefängnis besuchte –, dass über sechzig Stück an einem Tag verkauft worden seien.

Flemmings Mutter starb kurze Zeit später. Harrys Mutter überlebte.

Manche Menschen sind stärker als andere.

Lene und Tony formierten mit neuen Musikern eine neue Band namens *Cool Breeze*. Der Musikredakteur des Bladet schrieb unlängst, dass von einem »viel versprechenden Talent« die Rede sein könne.

Aber sogar ohne Talent kann man ein Versprechen abgeben. Meines war, dass ich irgendwann meinen Schwiegervater besuchen würde.

Gitte und ich waren uns darüber sehr schnell einig geworden, als ich am folgenden Nachmittag – mittlerweile halbwegs klar im Kopf – oder so klar im Kopf, wie man bestenfalls werden kann – sie, das Kind und das Gepäck vom Hauptbahnhof abholte.

Das einzige, immer wiederkehrende ungelöste Problem war nach wie vor, dass der Junge noch keinen Namen hatte.

Ich dachte darüber nach, dass ich an einem der nächsten Tage Ehlers fragen könnte, wie *er* eigentlich mit Vornamen hieß.

Dieser Einfall bewegte mich, als wir nach unserer Rückkehr vom Bahnhof noch einen Spaziergang durch die Stadt machten, mein Arm fest um ihre Taille gelegt, durch die Strøget hinunter zur Købmagergade und zum Kultorvet, umgeben von Menschen, die ziellos dahintrieben – wieder mal mitten im Feierabendtrubel.

»Dan Turèll ist einer der schillernsten Kriminalautoren Dänemärks.«
POLITIKEN

Im Kopenhagener Stadtteil Vesterbro mit seinen Bars, Kaschemmen und zwielichtigen Etablissements geht es immer etwas rauer und lebhafter zu als im übrigen Kopenhagen. Aber zwei Morde in zwei Tagen sind dennoch hart an der Grenze des Annehmbaren, findet Kommissar Ehlers. Bei seinen Nachforschungen stolpert er über den wendig-windigen Kriminalreporter eines Boulevardblattes, der vielleicht mehr weiß, als die Polizei erlaubt ...

ISBN 3-404-14959-9

BASTEI LÜBBE

Der sechste Band der Krimi-Klassiker-Serie vom dänischen Kultautor Dan Turèll

Dan Turèll
MORD IM MÄRZ
Kopenhagen-Krimi
272 Seiten
ISBN 3-404-15286-7

Der Kunsthändler und Mäzen junger Künstler Eric Liljencrone wird in seiner mondänen Wohnung im Kopenhagener Stadtteil Frederiksberg ermordet aufgefunden. Schnell ist klar, dass ihn mehr als nur väterliche Gefühle mit seinem letzten Protegé, dem Maler Willy Fontana, verbanden. Als der plötzlich verschwindet, ohne sein immenses Erbe abzuholen, haben unser namenloser Kopenhagener Privatschnüffler und Kommissar Ehlers genügend Stoff für eine Vielzahl von Spekulationen. Ihre Ermittlungen führen sie sowohl in noble Gegenden als auch in das zwielichtige Gangstermilieu Kopenhagens. Eine ganze Reihe mysteriöser Todesfälle werden bekannt, bevor sie auf eine brauchbare Spur stoßen ...

Bastei Lübbe Taschenbuch

»Knallhart, gleichzeitig mit feinem Humor und voller Poesie. Einfach toll.«

JYLLANDS POSTEN

Dan Turèll
MORD IM HERBST
Kopenhagen-Krimi
288 Seiten
ISBN 3-404-15370-7

Kopenhagen in den achtziger Jahren: In dem heruntergekommenen Kopenhagener Viertel Vesterbro wird ein Mann auf offener Straße erschossen. Zur gleichen Zeit wird ein Mädchen im schwedischen Lyngby vermisst gemeldet. Als unser namenloser Journalist und Polizeiinspektor Ehlers ein Photo des verschwundenen Mädchens in der Wohnung des Ermordeten finden, und ein weiteres Mädchen entführt wird, leiten sie eine für sie ungewöhnlich verbissene Menschenjagd ein – eine Jagd, bei der das Leben zweier junger Mädchen auf dem Spiel steht ...

Bastei Lübbe Taschenbuch